Opal
オパール文庫

愛妻観察日記(裏)
夫が私を好きすぎる!

緒莉

JN250174

プランタン出版

※本作品の内容はすべてフィクションです。

1　夏川亮《なつかわりょう》（28歳　グラフィックデザイナー）

「日記をつけようと思うんだよね。朝顔の、観察日記」

香奈《かな》が真面目な顔で言った。

六月になったばかりの水曜のことだ。

栗色のくるくるした髪が、肩の上でくるくると踊っている。

今日は少し風が強い。潮の匂いと土の匂いが混ざっている。

僕らはベランダにいて、いつものようにコンテナで育てている野菜たちの様子を見ていた。コンテナは、大小さまざまなサイズで、ワイドスパンのベランダの端から端まである。

「小学生の、夏休みの宿題みたいだ」

僕は言った。

実際、やらされた記憶がある。たしか、一年生のときだったか。

「私のときは、夏休みに入る一か月前に種をまいたんだよ。それで理科の授業のたびにどのくらい育ったか観察日記を書かされたんだけど、私の鉢だけ、芽が出なかったんだ」

「じゃあずっと、土の絵を描いていたわけだ」

それはラクそうだなと思ったが、口には出さない。

「しょうがないから、途中から先生が予備で育ててた朝顔の絵を描かされたの。あの悔しさはいまでも忘れられないね」

「それで、リベンジしたいと」

「そうそう」

さすが亮ちゃん、わかってるぅ、などと言われてしまったが、僕には正直、香奈の悔しさがそこまでわかっていなかった。

「そこで用意したのが、こちらの鉢です」

お料理番組風に、植木鉢が出てきた。

香奈は指先で朝顔の種を大事そうに摘まみ、少し間を空けて、二か所にまいた。

それから一度家のなかに入ったかと思うと、表紙に「えにっき」と書かれたノートと色鉛筆を取ってきた。

「本格的だ」

「本気だからね」

「今度は咲くよ」

「当然」

くしゃ、という感じで、香奈が笑う。

僕は香奈の笑った顔が好きだ。

「私には幸いの猫がついてるもん」

そこは幸いの夫と言ってもらいたいところだが、異議は唱えないでおく。

まだ真っ平らな土しかない鉢の前にしゃがみ、香奈は真剣な顔で日記を書きはじめた。

6月1日（水）　天気　晴れ
2粒ずつ2か所に、発芽処理済みの種をまいた。
覆土1センチ。
咲きますように。

一緒にしゃがんだままでいると腰が痛くなってしまいそうだったので、僕は立ち上がって背中を反らした。

三十階建てのこのマンションでは、十階にある僕らの部屋は低い方だが、目の前は海なので見晴らしがいい。時折、船着き場から出た船が、通っていくのが見える。

香奈と結婚して、一か月。

もともと僕の家だったこの部屋は、ずいぶんと変わった。

ただ広いだけでなにもなかったベランダには、今日増えた朝顔の鉢以外にも、トマトやキュウリ、枝豆などいろんな野菜を育てているコンテナがたくさん並んでいる。

家のなかも変わった。

ものが増えたし、色も増えた。

ヴィンテージのソファには、香奈が作ったパッチワークキルトのソファカバーがかけられ、無垢のヘリンボーンの床には、ギャッベのカーペットが敷かれた。

香奈は育っていくものと、可愛いものが好きなのだ。

住人も増えた。

いまはキャットタワーの上で眠っている、ブルーアイの白猫だ。フッフールという名のその雄猫は、右の前足を少し引きずっているのだが、不自由をほとんど感じさせないくらい上手にあちこち登る。

もともと捨て猫だったフッフールを、香奈は「幸いの猫」と呼んで溺愛している。彼を拾った日にかかってきた電話で、香奈の絵本作家になりたいという夢が叶ったからだ。

香奈と結婚して、僕の生活は、ずいぶんと変わった。

人を雇ってデザイン事務所を経営している僕は、結婚前は事務所にこもりがちで、ここにはほとんど寝に帰るだけだった。いまはリモートワークを増やせるだけ増やし、どちらかというと事務所に行く日の方が少なくなった。

三食を香奈と共に食べ、一日八時間仕事部屋で仕事に励み、夕食を摂ったらもう働かない。

それでも十分に仕事は回っている。なにをあんなに忙しがっていたのだろうと、いまは不思議に思う。

香奈は、夢中になって日記をつけている。

それを見ていると、僕は羨ましいような、仲間に入りたいような、そんな気分になった。

「……俺もつけようかな、観察日記」

「いいね。なににする？　トマト？　キュウリ？」

それもいいが、野菜たちを育てているのは、主に香奈だ。

僕がそれを観察して日記に記すのは、横取りするみたいで、なんだか違う気がした。

だから、こう言ったのだ。

「――奥さん」

「えっ」

香奈が驚いて、目を見開く。

大きな瞳が、ころんと落ちてしまいそうだ。

「俺の奥さんの観察日記を書こうと思う」

口に出してみると、それはとてもいい考えのように思われた。

「ちょ、ちょっと待って、ええと……化粧直してくるからっ」

途端に慌てはじめるうちの奥さんは、本当に可愛い。


香奈と僕が出会ったのは、二年前のことだった。

僕が審査員のひとりを務めたある絵本のコンテストで、当時美術の専門学校生だった香奈が、大賞を取ったのだ。

授賞式に現れた香奈を見て、僕は一目惚れという現象がこの世に本当に存在することを知った。

世間一般から見て香奈の容姿が特別優れているかどうかは、僕は知らない。興味もない。

ただ僕には、大勢のなかにいても、香奈だけがピカピカと光っているように見えた。

香奈は頬が丸く、目がキラキラしていて、僕より二十センチ以上背が低い。

美人というよりは、愛くるしいタイプだ。

本人だけでなく、描く絵もよかった。繊細なタッチと遊び心のある色遣いに、僕は魅了された。出版社に頼み込んで、香奈のデビュー作になる絵本のブックデザインをやらせてもらったほどだ。

堅苦しい授賞式が終わったら香奈にさりげなく声をかけようと、僕はドキドキしながら待っていた。それなのに、香奈は周囲の出版関係者に自分を売り込もうとするでもなく、終わった瞬間サッサと帰ろうとするものだから、かなり焦った。

聞けば、拾ったばかりのまだまともに目も開いていないような子猫の世話を友人に頼んできてしまったので、すぐに帰らなくてはいけないのだという。

僕は急いで香奈に名刺を渡した。

その後、装丁を手がけたこともあって、僕らはたまに会うようになった。

専門学校を卒業したあと、香奈は半年に一度くらいのペースで、絵本を出版するようになった。当然それだけでひとり暮らしの生計はたたず、飲食店でのアルバイトもずっと続けていたが。

お互い忙しい日々の合間に逢瀬を重ね、交際へは一年かけてゆっくりと発展した。

付き合いだしてからさらに一年ほど経ったこの五月に、僕たちは籍を入れ、いまに至る。

2　夏川香奈（23歳　絵本作家）

大きな木のボウルに、ベビーリーフやミニトマトをどっさり入れてカリカリに焼いたベーコンを散らしたサラダは、我が家の定番だ。ドレッシングは、チーズ系が合う。

ベビーリーフはすべて、ベランダのコンテナから収穫している。

ルッコラやリーフレタス、クレソンに水菜など、みんな採れたてで新鮮そのものだ。

亮ちゃんは、好き嫌いがない。

というより、食事にこだわりがない。

知識もちょっと、いやかなり怪しい。なにせ、私と結婚するまで「ベビーリーフ」という野菜があるのだと思っていたくらいだ。

仕事に厳しく、気難しいと周囲からは思われている亮ちゃんのそんな一面を知っているのが自分だけだと思うと、悪くない気分だった。

「亮ちゃん、レタスとキャベツは区別つくの？」

隣でベーコンをカリカリにさせる作業をしている亮ちゃんに尋ねる。

「さすがにわかる」

ムッとしたりはせず、生真面目に答えてくれる。

優しい。

大好き。

「小松菜とほうれん草は？」

「……、わかるよ」

ちょっと間があったような気がするが、気付かなかったことにする。

「じゃあ、ミニトマトとプチトマト」

「わか……えっ、違うのかっ？」

目を白黒させてサラダのなかのトマトを凝視する亮ちゃんを見て、私は笑う。

ちなみにプチトマトはミニトマトの品種のひとつで、ベランダでも育てやすいと大ブームになったが、その後に現れたもっと糖度が高くて美味しい品種に押され、いまはもう売っていない。

この日のメインは、焼き豚にした。

塊で買った豚肩ロース肉を、きちんとした形になるよう、グッグッと手に力を入れながらタコ糸で縛っていく。巻いてあるのを買ってきてもいいが、私はこの作業がけっこう好きなのだ。

ふと視線を感じて横を見ると、亮ちゃんが熱心に私の手元を見ていた。

「焼き豚、楽しみ?」

「楽しみ」

ノータイムで答えが返ってきた。

食に関心が薄めな亮ちゃんにしては珍しい。

そんなに好きだったとは知らなかった。たまに作ってあげることにしよう。

ぎっちり縛り上げた豚肉をフライパンに入れ、強めの中火で焼く。全体に焼き色がついたら、あとは煮汁に入れて弱火で放っておくだけだ。簡単なのに美味しいのが最高だ。

「……ニャー」

私の手が空いたのを察したかのように、足元にスリッとフッフールがやってくる。

「なあに? 遊びたいの?」

私はフッフールを抱き上げて、リビングの隅にあるおもちゃ箱のところへ行った。

6月1日(水)
今日、香奈は、フッフールの両脇に手を入れて持ち上げ、「長ーい」と喜んでいた。
今日だけではないが。フッフールは本当に長い。
まるで彼の名前の由来である、幸いの竜のようだ。

3　夏川香奈

つるりと裸に剝かれてベッドに横たわった私の乳房を、パジャマを着たままの亮ちゃんが両手でたぷたぷと寄せては上げている。

真顔で。

亮ちゃんは、顔を見た人がちょっとびっくりするくらいかっこいい。

パーツの配置が完璧すぎて、黙っていると怖いくらいだ。たぶん、眉毛の角度が少しキツイのもあるんだと思う。

そんな彼が、一心不乱に、私のおっぱいをいじっている。

真顔で。

私と出会った頃は、まだ絶賛売り出し中という感じだった亮ちゃんだが、いまでは押しも押されもせぬ人気グラフィックデザイナーだ。

亮ちゃんは仕事に厳しい人だと、周囲からは思われている。実際自分の仕事には妥協しない人なのだけれど、この顔が亮ちゃんを実物よりだいぶ気難しく見せているところはあると私は思っている。

「ん……」

痛みを感じそうなギリギリのところまでぎゅーっと握ってみたり、1センチ刻みで場所を変えて上から押してみたり。

愛撫というよりは、乳がんが疑われるしこりがないか、丁寧に探しているような触り方だ。

亮ちゃんの手の動きに合わせて歪む乳房は、餅みたいに見えた。これ以上押し潰されたら、なかからあんこがはみ出てきそうだ。

「亮ちゃん、楽しい？」

亮ちゃんの硬くて短い前髪に触れながら尋ねた。

「楽しい」

「私のおっぱい好き？」

「好き」

はむっと右の乳房を口に含まれ、ビクッと背中が震えてしまった。

そのまま、はむはむと唇で乳房を食み、至近距離から左の乳房をガン見している。

指を横にして、左の乳房に食い込ませ、もとに戻す。まるで線が残らないか試しているみたいだ。

粘土でもいじっているような気分なんだろうか？

私はこねられ、作り変えられ、亮ちゃんの作品となった自分のおっぱいを想像した。

「んふっ」

つい笑ってしまい、亮ちゃんが目だけで私の顔を見る。

「そろそろ真面目にやる」

亮ちゃんの指先が、乳房の外側をそっと刷く。

「あっ……」

さらにチュウッと乳首を吸い上げられ、私はたちまち余裕をなくした。

亮ちゃんは、とても器用だ。

絵は上手いし、字も綺麗だし、私の触り方も、どこをどんなふうに触ればどう反応するのか、すぐに覚えた。

時折コリッと乳首を指先で転がされながら、乳房を持ち上げるように揉まれ、頭のなかがふわふわしてくる。

亮ちゃんは私に触れるとき、だいたい私の顔をじっと見てくる。

感じているか確認したいのだろうけれど、恥ずかしいから正直やめて欲しい。

「亮ちゃん……」

脚に当たっている硬いものに手を伸ばした。

自分だけ感じさせられているのが、不公平に思えたのだ。

でも触れる前に、まあまあいいから、という感じで、手を摑まれ、亮ちゃんの肩の方に持っていかれてしまった。

いつもそうだ。

亮ちゃんは私を気持ちよくすることには熱心だけれど、自分が気持ちよくなることにはあまり関心がないように見える。

私は亮ちゃんとしか経験がないまま結婚してしまったから、他の男のひとを知らない。

でも、友達に聞いてみた感じだと、こういうひとはけっこう珍しいみたいだ。

亮ちゃんの手が、胸を滑り、お腹を撫で、脚の間に入っていく。

亮ちゃんに触られるのが好きだ。

「大事だ」って、手で言われている感じがする。

太股を撫で上げられるのが気持ちいい。

繰り返され、じわりと体温が上がっていく。

ぬるめの温泉に浸かっているような気分でいたら、そっと割れ目に指が入ってきた。

「あっ……」

くちゅっ、と音が立つくらい、そこはもう濡れていた。

恥ずかしい。

けどもっと触って欲しい。

私のそんな気持ちがわかっているみたいに、亮ちゃんはゆっくりと指先を滑らせる。わざともっと音が立つような触り方をしたり、言葉でからかってきたりは絶対にしない。

亮ちゃんの、私より少しだけ硬い指先が、割れ目の端から端までを何度も行き来する。

「んんっ……はっ、あぁっ……」

私は次第に声が出るのを我慢できなくなる。

じっとしていることもできない。足で何度もシーツを蹴ってしまう。

肉芽をそっと引っ掻くような動きをされ、背中に電気が走った。

蜜液にまみれた指が二本、今度は私のなかに入ってくる。緩く出し入れし、なかの具合を確かめているような動きだ。

それだけでなく、親指で肉芽もぐりぐりと潰してくるものだから、私はいよいよ耐えられなくなってきた。

このままでは、イッてしまいそうだ。

それもいいけれど、そろそろ亮ちゃんが欲しかった。

「あっ……待って、もうっ……」

入れて、とハッキリねだるのは、まだ難しい。

それでもわかってくれて、亮ちゃんは私の股から手を抜いた。

それからパジャマとボクサーパンツを脱いで、ベッドの横にある引き出しからコンドームを取り出した。

手早くゴムを装着した亮ちゃんが、私の脚の間に入ってくる。

「亮ちゃん」

私は彼の首に腕を回した。

「香奈」

熱くて硬いものが、私の中心に押し付けられた。

亮ちゃんがグッと腰に力を入れる。彼が入ってくる瞬間は、いまでも少し緊張する。もう痛みなんて全然ないのに。

閉じていたところが、開かれていく感覚。

自分のなかに、自分じゃないひとの一部が入ってくるって、何度もセックスしたいまでも、なんだか不思議だ。

自分でも触れたことのない、奥の方まで、亮ちゃんのものが入ってくる。

体の内側が、全部亮ちゃんでいっぱいになったみたいだ。たまらなくなって、私は両手と両脚で亮ちゃんにぎゅっとしがみついた。

「香奈、動きづらいよ」

フフッ、と亮ちゃんが笑った気配がした。

「動かなくてもいいよ、ずっとこのままでいたい」

そうしたら、ひとつの生き物になれるだろうか。

「……それはちょっと、難しいかな」

亮ちゃんが深く埋め込んだまま、私をあやすように腰を揺らす。

小舟に乗って、波に揺られているみたいだ。

気持ちいい波だった。

繋がったところから、じんわりと快楽が全身へ広がっていき、もっと強い刺激が欲しくなってくる。

「やっぱり、動いて」

我ながら勝手だと思うけれど、亮ちゃんは怒らない。

「いいよ」

少しだけ微笑んで言って、私のなかを力強く出入りしはじめる。

ググッと入ってこられると満たされた気分になり、ズルッと出ていかれるとすぐまた入れてもらいたくなる。

体の芯をぐいぐい揺さぶられ、ああ、私は亮ちゃんのものなんだと思う。

「あ、ああっ、はあああっ」

甘ったれた喘ぎ声が、突かれるたびに口から飛び出てしまう。

恥ずかしいけれど、気持ちよくてたまらなかった。

亮ちゃんは、セックス中、私みたいに声を上げたりしない。

それは当たり前のことなのかもしれないけれど、亮ちゃんもちゃんと気持ちよくなっているのかなとたまに思う。

「んっ、んああっ」

亮ちゃんが、大きく開いた太股を抱え直してきた。なかのものの角度が変わり、グリッと弱いところを捏ねられ、背中が跳ねた。

「ここ、好き?」

「あぁ、好きぃ……」

正直に答えると、ご褒美とばかりに同じところを何度も突いてくれた。

私は目をつぶって感じ入った。

下半身がとろとろと溶けていくみたいに、気持ちがいい。亮ちゃんと一緒に溶けて、私は水飴になる。

亮ちゃんの動きは、徐々に大きくなっていった。それに比例して、私の喘ぎも大きくなる。

「あっ、だめ、わけわかんなくなっちゃうっ」

弱いところをトントンと一定のリズムで強めに突かれ、腰が砕けそうなほどの快感が私を襲った。

これ以上続けられたら、なにを口走ってしまうかわからない。

私はずり上がろうとしたが、肩の上に手を置かれてしまい、逃げられなくなった。

「いいよ、わけわかんなくなっちゃって」

亮ちゃんは優しい声で言って、私の弱いところを責め続ける。

私は馬鹿みたいに「だめだめ」と言いながらポロポロと涙をこぼし、亮ちゃんにしがみついた。切ない疼きが、腰の奥から背中を駆け上がっていく。

「香奈、可愛い」

涙や鼻水で、きっとひどい顔をしているだろうに、本当に愛おしそうに言ってくれるから、たまらない気持ちになる。

ググッと勝手に背中がシーツから浮き、あそこがキュンと締まる。

「亮ちゃんっ……私、もうっ……」

目の前で、パチパチッと白い火花が散った。

多幸感で、体のなかがいっぱいになる。

硬直した私の体を強く抱き締め、亮ちゃんは私が絶頂から下りてくるまで、ずっと髪を撫でてくれていた。


「――沙也香《さやか》が、『男は出すもの出したらガラッと態度が変わるのが腹立つ』なんて言ってたけど、亮ちゃんて全然そんなことないよね」

増村《ますむら》沙也香は、美術専門学校時代の同級生で、いまでも一番の仲良しだ。といっても、性格は全然違う。

沙也香はいつだって冷静で、少々のことでは動じない。いつもワタワタしている私とは大違いだ。それなのになぜか気が合うのだから、おもしろいものだ。

「いや、それは……表に出さないのがマナーだろ」

パジャマを着直した亮ちゃんは、微妙な顔で私の話を聞いていた。

「気持ちとして、わからないことはないけど」

「わかるんだ」

「感覚としてはね」

「ふうん」

私にはわからなかった。

私はいつも、セックスをした夜は眠るまで余韻を引きずるし、亮ちゃんとべったりくっついていたくなる。

「……怒った？」

「いや、怒ってはないよ」

男女の体の差は、どうしようもない。

射精したら冷静になるという話はよく聞く。

でも亮ちゃんは優しいから、くっつけば抱き寄せてくれるし、余韻に浸ってうっとりしている私に冷めた顔を見せたりはしない。

「ただ、結婚してから、より優しくなった気はしてる」

「……そうかな」

「うん」

いま思うと、結婚前はもうちょっと、すっきりしたというか、なにかが切り替わったような顔をしていた。

結婚したら冷たくなったり気を遣われなくなったという話はよく聞くけれど、その逆はそんなに聞かない。

つくづく、いい夫に恵まれたと思う。

「もう寝よう」

額にキスをされて、私は満ち足りた気分で目を閉じた。

4　フッフール（2歳　白猫）

「ニャーン！　ニャーッ！」

5　夏川亮

フッフールの鳴く声で、目が覚めた。

毎朝そうだ。

ちなみに、まだ朝の五時である。

夏川家の朝は早い。

フッフールはこの家で基本自由にしているが、ベランダと僕の仕事部屋、そして夫婦の寝室だけは出入り禁止にしている。

ここに引っ越してくるまでは毎晩自分と一緒に寝ていたから、寝室を出入り禁止にするのは可哀想だと香奈は言ったが、僕は譲らなかった。

フッフールがいたら、落ち着いてセックスなんてできやしない。

「んん……はい、はぁい」

香奈はまだだいぶ眠そうな顔をしているが、フッフールの鳴き声に反応して、すぐに体を起こした。

僕はなんとなくおもしろくない気分になり、香奈の腰に抱き付いた。

「なぁにぃ、亮ちゃん。甘えっこだねぇ」

うふふと嬉しそうに笑ったが、香奈は容赦なく僕の手を腰から引き剝がした。

「ニャーン！　ニャーッ！」

扉の向こうでは、まだフッフールが鳴いている。

ちなみにあんまり放っておくと扉をガリガリやられてしまう。それがわかっているので、僕はあまり香奈にしつこくできない。

「はーい、いま行きますよぅ」

香奈はあくびをしながらベッドから下りて、フッフールの方に行ってしまった。

「フニャー」

扉の向こうで、香奈に抱き上げられて勝ち誇ったような顔をしているフッフールが見える。

なんだこの野郎。

俺なんて昨日、香奈とセックスしたんだぞ。

男として少々負けた気分になったが、大人げないのはわかっているので言葉にはしなかった。

6　夏川亮

仕事では、ほぼ一日中机に向かっているので、朝は食事前に軽く走りに出るのが僕の日課だ。

僕らが住んでいるのは江東区の埋め立て地で、きっちり区画整理された土地は車道も歩道も広い。一軒家はまったくなく、タワーマンションがたくさん建っている。

この島の外周は、ぐるりとランニングコースになっているから、僕だけでなく、毎朝走りに来ているひとがたくさんいる。

ちなみに香奈は、どんなに誘っても絶対に来ない。

目的もなく走るなんて、信じられないそうだ。

ゴール地点にバナナでも吊り下げておいたら、走るかもしれない。

今日も公園からスタートし、大きな橋をふたつ越え、まずはバーベキュー広場を目指す。いまどきのバーベキュー場らしく、手ぶらで行って楽しめる、気楽なところだ。ここには、香奈とも何度か来た。

早朝のひんやりとした空気が、心地いい。

海の匂いがする。

なんとなく顔見知りになったひととすれ違うとき会釈し合い、自分のペースでひたすら走る。

ひとから見れば、このうえなく健全な姿だろう。

しかし実際の僕は、頭のなかで香奈を裸に剝いている。

もちろん、表情には出さない。

昨晩は、ついしつこく乳房を弄んでしまった。

不審に思われただろうか。

あのとき僕が思い出していたのは、夕飯を仕込んでいるとき香奈にタコ糸で縛られていた、焼き豚用の豚肩ロース塊肉だ。

香奈が手にグッと力を入れるたび、肉にタコ糸が巻き付き、食い込んでいっていた。

それを見て僕が勃起していたと知ったら、香奈はどんな顔をするだろうか。

バレなくて本当によかった。

香奈にだけは、絶対に幻滅されたくない。

フレンチレストランの前を駆け抜けながら、僕は昨晩と同じように、香奈の乳房というか上半身にタコ糸が巻き付き、食い込んでいるところを想像した。

グラフィックデザイナーの適性は、イメージする能力の有無にあると思う。そして僕は、頭のなかで細部まで具体的にイメージすることがとても得意だ。

何度も走った道だし、広くて車も来ないから、心ここにあらずでも危険はない。

香奈の体はどこもかしこも好ましいが、柔らかく、ボリュームのある乳房は、特に愛らしい。

あの白い膨らみが、糸を強く巻かれたことで紅潮し、歪み、糸と糸の間から肉をはみ出させている。その肉をぷにぷにと触ると、通常より指を押し返してくる力が強い。

ああ、いいな。

すごくいい。

もちろん実際にそんなことは絶対できないが、想像するくらいは許して欲しい。

想像のなかで、香奈は少し不安そうな顔をしている。想像とはいえ、泣かせることはできなかった。

恍惚とした顔も、僕に都合がよすぎる感じがして無理だ。

上半身をタコ糸で固められた香奈は、軽く額を押すだけで、簡単にベッドに転がるだろう。そして、僕がどこになにをしようと、逃れられない。

後ろ手に縛られているせいで背中が反り、歪んだ胸を突き出すような格好になる。

その中心にある突起をカリッと噛んだら、いったいどんな声を上げるのだろう。

——やば。

あんまり想像しすぎて、勃起しかけてきた。

何度か頭を振って香奈の幻影を振り払い、ランニングに集中した。

6月6日（月）　天気　くもり
ひとつ発芽した。小さな双葉がとても可愛い。

水やりを忘れないように！

7　夏川香奈

この家のなかで一番ごちゃごちゃしている場所は、間違いなく私の仕事部屋だ。

十畳ほどの空間には、画材の詰まった引き出しに、本や立体の資料が並べられた天井まである本棚、脚立、大きな作業机と円椅子、イーゼルなんかが隙間なく置かれている。

さらに天井からカモメのモビールが吊り下げられていたり、窓辺にマトリョーシカ風の置物があったりするから、全体的に雑然としている。

1Kのアパートでひとり暮らししていたときは、寝る場所が他になくて、作業机の下で小さくなって眠っていた。

いまは寝室がべつにあるから、ここがどんなにゴチャゴチャでも毎晩大きなベッドで眠れる。ありがたい限りだ。

亮ちゃんがひとりでここに住んでいたときは、ミニマリストなのかと思うくらいどこもかしこもスッキリした家だった。

私は引っ越してきてから、ちょこちょことふたりの共有スペースにものを増やした。

亮ちゃんは全然怒らない。こういうのもいいね、とにこにこ笑う。

優しい。

大好き。

優しさに甘えてやりすぎないよう、気を付けてはいる。

亮ちゃんはデザインのひとだけれど、私は絵描きだ。

ヒエロニムス・ボスとジョアン・ミロが大好きだと言うと、だいたい納得されるような絵を、私は描く。

画材はいろいろだ。朝顔の観察日記のように色鉛筆を使うこともあるし、油彩やデジタルのときもある。

いまは次の絵本用の絵をどんなふうにしようかと、白い紙に鉛筆でラフを描いて試行錯誤しているところだ。

亮ちゃんはデザインのひとだけど、絵も上手い。

たぶん、デッサン力だけで言うと、私より亮ちゃんの方が上だろう。

でも私は、引け目を感じたりはしない。

私と亮ちゃんの仕事は、本質的にまったく違うからだ。

グラフィックデザインは、デザインを手段として、情報伝達などの目的を実現するための道具だ。私にとって絵は、それ自体が目的で、自己表現なのだ。

「……ニャー」

音もなく部屋に入ってきたフッフールが、私のふくらはぎに体を擦り付けてきた。

私の仕事部屋のドアは、いつでも少し開いている。フッフールは私の部屋へは出入り自由なのだ。

フッフールは賢い子だから、入ってきてもクレヨンや絵の具にいたずらしたりはしない。たいていは私の膝の上や大きな作業机の上でのんびりくつろいでいくだけだ。

「ねえ、フッフール」

私は机の上に、いまラフを描いたA4の紙を二枚並べた。

フッフールが机の上に飛び乗る。

「こっちとこっち、どっちの構図がいいと思う?」

自分で決めきれなくて、フッフールに尋ねる。

ピシッ、と白いふわふわの尻尾が、私から見て右の方を叩いた。

「こっちか。そっかぁ……」

馬鹿馬鹿しいと思われるかもしれないが、私はフッフールの判断をけっこう、いやかなり信用している。

野生の勘というやつだ。

生後まもないときから完全室内飼いのフッフールに、野生の勘が残されているのかはわからないけれど。

とそのとき、開けっ放しのドアがコンコンとノックされた。

閉まっていてもいなくても、亮ちゃんは必ずドアをノックしてくれる。

律儀だ。

大好き。

「はーい」

「香奈、生協届いたよ」

「あっ……ごめん、ピンポン全然聞こえてなかった」

私はフッフールと一緒に、仕事部屋を出た。

日常的な買い物の八割は、生協とネットスーパーに頼っている。車で買い物に行くときもあるが、駐車場から家まで大荷物を持って移動するのは億劫だからだ。

いまどきは、玄関前まで運んできてくれる宅配サービスがいろいろあって、ありがたい。

「今晩は何にしようか。肉？　魚？　野菜？」

「香奈はくくりが大雑把だな」

生協が持ってきてくれたものを、一緒に冷蔵庫や冷凍庫にしまいながら、たわいのないことを話す。

食事作りは、私がやる方が多い。

といっても、朝昼はパンと卵を焼いたり出来合いのものを出したりで、手をかけるのは夕食くらいだし、後片付けは食器洗浄機に突っ込むだけだ。

掃除はロボット掃除機がしてくれるし、洗濯は洗濯乾燥機がしてくれる。

結婚したときは、家事がふたり分になったら少しは大変になるだろうと覚悟していたのに、亮ちゃんちの家電が充実していたおかげで、ひとり暮らしのときよりラクになってしまった。

だいたいしまい終わり、お昼はいま来たパンとレタス、冷凍ハンバーグでハンバーガーでも作ろうかな、なんて考えていたとき、私のスマホが震えた。

放っておこうかと思ったが、振動は止まらない。

メッセージじゃなくて、着信だ。

もしや、とハッとして画面を見る。

「――はい、夏川です」

残念ながら、期待した電話ではなかった。

でも、これはこれで喜ばしい用件のはずだ。

「はい、はい、わかりました……フフッ」

電話を切って、亮ちゃんに抱き付いた。

「なに。どうしたの」

すぐに抱き返してくれて、目を細めて私の顔を見下ろしてくる。

嬉しい。

「マリッジリング、できたって」

ジュエリーショップからの電話だった。

「おっ、早かったな」

「いつでも取りに来てくださいって。ねえ、すぐ行っちゃおうか」

「今日?」

「うん」

いいよ、と亮ちゃんが笑う。

お互い時間に自由がきく仕事なのは、こういうときありがたい。

お昼は外で食べることにして、私たちは車で銀座に向かった。

私たちが指輪を作ったのは、誰もが知る老舗ブランドではなく、十年くらい前にできた比較的新しい国内の小さなジュエリーメーカーで、亮ちゃんがそこのブランドコンセプト広告の仕事をしたという縁がある。

ここの指輪にした決め手は、既存のデザインのアレンジだけでなく、デザインの持ち込みにも対応してくれるからだ。

適当な駐車場に車を停め、商業ビルの三階にあるジュエリーショップへ向かう。

感じのいい店長さんが、すぐに私たちに気付いて笑顔で近づいてきた。

「いらっしゃいませ、お待ちしておりました」

応接スペースに案内され、できたばかりのマリッジリングがふたつ並んで運ばれてきた。

リングピローは、ブランドカラーである優しいオレンジ色だ。みかん色といった方が近いかもしれない。

こういうリングは、長く使うことを考えてシンプルなものを選ぶひとが大半なのだろうけど、私たちはジュエリーデザイナーさんとよく相談して、個性の強いものを作ってもらった。

その方が、私たちらしいと思ったからだ。

亮ちゃんが大きい方の指輪を右手で摘まみ上げて、しげしげと眺めた。

金の蛇とプラチナの蛇が、互いの尾を噛み合って輪になっている。目のところには、それぞれルビーとサファイアの小さな石を入れてもらった。

「うん、ピッタリだ」

左手の薬指にはめて、満足そうな顔をしている。

「亮ちゃん」

「うん？」

「はめて」

私は自分の左手を、亮ちゃんの方に差し出した。

かしこまったように、亮ちゃんの背筋が伸びる。

リングピローから亮ちゃんのより一回り小さい指輪を摘まみ上げ、私の薬指にそっと通す。

サイズはこちらも、ピッタリだった。

「うん、いいねえ」

「……うん」

亮ちゃんは感慨深そうな眼差しで私を見た。

キスしたい。

店長さんの目がなかったら、抱き合えたのに。

そんなことを思いながら、テーブルの下でこっそり指を絡め合った。

それから私たちは、真新しい指輪をしたまま、銀座のちょっといいお店へランチを食べに行った。

メインの魚料理も、トリュフを贅沢に使ったパスタも、とても美味しかった。

「——なんか、ほんとに結婚したんだって、実感してきた」

デザートを待ちながら指輪を眺めて言うと、

「いままで実感してなかったんだ」

と少々呆れられてしまった。

私と亮ちゃんが結婚して、もう一か月以上経つ。

とはいえ、籍を入れて同居するようになっただけで、結婚式なんてまだ計画すらしていない。同棲と大差ないように感じてしまってもしかたないと思う。

「ねえ、結婚式どうするの？」

「んー……」

亮ちゃんは微妙な顔をした。

「私はどっちでもいいけど、亮ちゃんの方はやった方がいいんじゃないの？」

「まず、香奈の花嫁姿は見たい」

「私も、亮ちゃんの花婿姿は見たいな」

和装でも洋装でも、きっとすごくかっこいい。

「ウエディングドレスと、色ドレスと、白無垢と、色打掛をそれぞれ三パターンずつくらいでいいから」

亮ちゃんは、真顔で言った。冗談を言ったのではないらしい。

「いや多いし」

「でもそれ以外のことには、正直あんまり興味ないんだよなぁ……人呼んで、とか、引き出物、とか」

「興味なくとも、ほら、義理とかさ、あるじゃない」

私はごく普通のサラリーマン家庭で育ち、弟がひとりいる。

親戚づきあいは少なく、両親は私と亮ちゃんがいいならどういうやり方でもいいよというスタンスだ。

でも亮ちゃんの家は代々商売をされていて、継ぐのはお兄さんとはいえ、親戚づきあいがうちよりかなり濃い。

一軒ずつ挨拶に回らなくてはいけないくらいなら、結婚式をしてしまった方がたぶんラクだ。

「親きょうだいだけ連れてハワイで挙式でも、都内で友達集めてパーティーでも、私はなんでもいいよ。私はね」

「……もうちょっと、考えよう」

「そうだね」

なにしろ急に結婚してしまったものだから、いろいろ後手後手なのは否めない。

ついこの間まで、私たちはのんびり付き合っていた。

結婚をお互いなんとなく意識してはいたものの、べつに急ぐこともないだろうと思っていたのだ。

8　夏川亮

食事のあと、手を繋いで並木通りをゆっくりと歩きながら、僕は香奈の横顔をチラリと盗み見た。

上機嫌だ。とても。

僕はマリッジリングができたという電話がかかってきたとき、香奈がわずかに落胆した顔を見せたのが気になっていた。

本当に一瞬だったし、気のせいだったのかもしれないが。

誰か他のひとからの電話を待っていたとか？

だとしても、僕の前で電話に出ることを躊躇しなかったのだから、やましいことはなにもないはずだ。

「亮ちゃん、どうかした？」

香奈が屈託のない笑顔を向けてくる。

「いまなら2リットルくらい血を抜かれても全然平気な気分だなと思って」

「いや死んじゃうって」

左に曲がり、少し歩いてやってきたのは、有楽町の駅前にあるビルの六階の献血ルームだ。

香奈はなにかいいことがあると、誰かにいいことのお裾分けをするんだと言って、よく献血に行く。

僕も香奈と付き合いだしてから、一緒に何度か行ったことがある。

平日の昼間だが、献血ルームにはチラホラと献血後に休んでいる人たちがいた。

白いソファが並んだ室内は落ち着いた雰囲気で、飲み物やお菓子が自由に取れるようになっている。

受付に行くと、予約をしてこなかったので成分献血は無理だが、全血ならすぐにできると言われ、四〇〇mlでお願いすることにした。

血圧と体温を測って、ふたりとも問題なかったのでヘモグロビン濃度の測定へ進む。

香奈と並んで、採血台の前に置かれた丸椅子に座る。

「はーい、それじゃ、手のひらを上にして、腕をここに載せてくださいね」

看護師の指示に従い、利き腕ではない左腕を台に載せた。

二の腕の真ん中辺りを、ゴム管でグッと縛られる。半袖のTシャツを着ているので、簡単だ。

肘の内側の血管を、ぷにぷにと指で確かめられ、アルコール綿で拭かれる。

「……っ」

何の気なしに香奈の方を見て、僕は香奈の二の腕に目が釘付けになった。

僕より少し遅れて、いままさに、ゴム管でグッと縛られそうになっている二の腕。

看護師が手に力を入れる。

香奈のぷにっとした二の腕に、薄茶色のゴム管が食い込んでいく。

「亮ちゃん、針刺されるとき見られないひとだったっけ?」

香奈がクスクス笑って言った。

「え?」

いつのまにか、僕の血管には注射針が刺さっていた。

「そんなこと、は……なくもないけど……」

混乱して、もごもごとよくわからないことを言ってしまった。

僕の体に針が刺さろうが、槍が刺さろうが、そんなことはどうでもいい。

問題は、香奈の二の腕が、ゴム管で縛られて、くびれができているということだ。

香奈の肘の内側もアルコール綿で拭かれ、注射針が刺さっていく。

香奈は、針が刺さる瞬間をガン見するタイプだ。

そして僕は、香奈の二の腕をガン見し続けていた。

シュルリとゴム管が外されるところも、じっと見ていた。

「ご主人、終わりましたよー、ここ押さえておいてください」

「あ、はい」

いつのまにか自分の方は終わっていた。

検査の結果はふたりとも問題なかったので、採血ベッドの方へ移って、ふたり並んで献血することになった。

刺された針から、採血バッグへと赤い液体が流れていく。

香奈は上機嫌で目の前にあるテレビを見ていたが、僕は四〇〇ml取り終わるまでずっと、さっき見た香奈の二の腕について考えていた。

6月6日（月）
関節の皺に絵の具が染み付いて取れなくなっている、香奈の小さな手が好きだ。
指は短めで、爪も短い。
今日はふたりで結婚指輪を受け取りに行った。
二色の蛇が尾を噛み合っているデザインは、香奈の好きな児童書の表紙から取った。
小さな手にゴツめのデザインがよく似合っていた。
俺の、奥さん。

9　夏川香奈

今日はセックスしそうだな、という日は、夕方くらいからだいたいわかる。

どちらからということもなく、なんとなくスキンシップが増えるからだ。

お風呂に一緒に入ることは、ほぼない。

正確に言うと、一回だけある。そのときは中途半端に盛り上がってしまったのだが、湯船も床も硬いからベッドの上みたいに自由もきかず、結局イケずじまいでお互い不完全燃焼になってしまった。

ひとりで入浴を済ませたあと、私は全身を保湿クリームで入念に手入れした。

スタイルにはあまり自信がない。

せめて手触りはよくしたい。

手入れを終え、裸のままで、脱衣所の鏡の前に立つ。

身長が低いのはどうしようもないとしても、もうちょっとメリハリのある体型にはなりたいものだ。

ウエストはもっとくびれていた方がいいし（でも運動はしたくない）、重力に負け気味の胸は、お椀型でもっと上を向いた形が理想だ。

私と違って毎朝走っているから、亮ちゃんは引き締まった体をしている。お腹なんか全然出てない。すごくかっこいい。

本当は一緒に走ればいいんだろうし、実際何度も誘われてはいるのだけれど、私の辞書にランニングという文字はない。

大人になってから走ったのなんて、電車に遅れそうになったときくらいだ。無理なものは無理なのだ。

いくら鏡を見つめていたところで、残念ながら急にスタイルがよくなったりはしないようなので、私は諦めてお気に入りのショーツを穿き、亮ちゃんとお揃いのダブルガーゼのパジャマを着た。

寝室に入ると、先に入浴を済ませていた亮ちゃんが、ヘッドボードに背中を預けて、ハードカバーの本の表紙を眺めていた。

「見本誌？」

「そう。いい感じにできた」

亮ちゃんは広告の仕事が多いけれど、頼まれればエディトリアルのデザインもやる。

この本の著者は、亮ちゃんがたまに飲みに行くバーのマスターで、お店でのあれこれをおもしろく書いたエッセイ本を何冊か出しているひとだ。

亮ちゃんの隣に座って、表紙を眺める。

カクテルグラスと半分に割ったライムが写実的に描かれていて、ライムの果肉の部分は盛り上がっていた。

「エナメル加工、かっこいいね」

「好きなんだ。マットPPの上に施すと、シズル感が出て」

仕事の話はおしまい、というように、亮ちゃんは本をサイドテーブルに置いて、読書灯の明かりを絞った。

肩を抱かれ、ちゅっ、と短いキスを何度かされる。

亮ちゃんからは、私と同じボディシャンプーの匂いがした。

少しずつ口付けを深くしながら、プチプチとパジャマのボタンが外されていく。

パジャマを肩から落とされ、上半身が露わになった。

さっそく、という感じで、亮ちゃんの右手が胸に伸びてくる。

「亮ちゃんて、ほんとにおっぱい好きだよね」

つい言ってしまった。

亮ちゃんの手が、乳房の一センチ手前で止まる。

「……おっぱいだけってことは、ないです」

「なんで敬語」

思わず笑ってしまうと、私はうつ伏せにひっくり返された。

恥ずかしかったらしい。

ベッドのサイズが大きいと、いろいろできて便利だ。

上半身裸でうつ伏せになると、胸のお肉が押し潰されて、横にはみ出たような形になる。

そこを指先でツンツンといじられ、くすぐったくてビクビク震えてしまった。

亮ちゃんの指が、パジャマの腰の部分にかかる。そのままズルズル下ろされ、パジャマは足から抜かれた。

続けて、腰の左右でショーツに指を引っかけ、パジャマよりゆっくりと下ろされていく。

当然そのまま脱がされるんだろうなと思っていたのに、ショーツはものすごく中途半端なところで止まった。

「……え？」

例えて言うなら、お尻を四つに割られているイメージだ。

ゴムがお尻に食い込んで、ものすごくヘンな感じだ。

もじもじと下半身を動かしてしまう。

亮ちゃんは無言だった。

うつ伏せだから、どんな顔をして私のことを見ているのかわからない。

しばらくして、ゴムでくびれた部分の少し上を、指でふにふにと押された。

何度も何度も。

——楽しいんだろうか？

楽しいんだろうな、こんなに何度も繰り返しているんだから。

男の人の気持ちは、ときどきよくわからない。

亮ちゃんの気が済むまでやらせてあげようと思って、うつ伏せになったまま脱力していたら、背中にキスされた。

「あっ」

気を抜いていたから、思ったより大きな声が出てしまった。

恥ずかしい。

背骨のでこぼこをひとつずつ確かめるみたいに、亮ちゃんの唇が首の下から腰へと移動していく。

「ひゃっ⁉」

お尻の上の方にもキスされて、ぎゅっとお尻の両側に力が入ってしまう。

そんなところにキスされるのは、初めてだった。

「亮ちゃん、恥ずかしいよ……」

「ごめんごめん」

亮ちゃんは軽く言って、お尻に半分引っかかっていたショーツを脱がせてきた。

私はくるんと体を半回転させて、自分で仰向けになった。

「私のお尻、好き？」

「好きだよ。お尻も、お尻以外も」

私の左手を取り、薬指の指輪に何度も唇を落としてくる。

どちらかというと、私の希望を通したデザインなのだけど、亮ちゃんも気に入ってくれたみたいでよかった。

ちゃんとキスがしたくなって、両腕を上に伸ばす。

すぐにわかってくれて、亮ちゃんの頭が下りてくる。

「んん……」

湿った唇と唇が、そっと重なった。

キスが好きだ。

粘膜で触れ合っているだけなのに、亮ちゃんと自分の境界が曖昧になり、混ざり合っていくような気分になれる。

「あ、んん……」

開いた口の隙間から、亮ちゃんの舌が侵入してきた。迎え入れて、自分の舌を絡める。

ゾクゾクッと、快感が走り、私は亮ちゃんにしがみついた。

舌の表面を舌先でツーッとなぞられるのが、気持ちよくてたまらない。

舌と舌を絡め合い、どっちの唾液だかわからないものを飲み込み、両手であちこち触れ合う。理屈でなく、本能が亮ちゃんを欲していた。

こういうことをしていると、人間って、動物なんだと思う。

フッフールは、生後六か月で去勢手術を受けさせたし、家の外には出さないから、一生雌猫と交尾することはない。

他に選択肢はなかったとはいえ、ちょっとだけ申し訳ない気分になることは、たまにある。せめて毎日快適に暮らして欲しい。

「んんっ……んはっ、はぁ……」

私がここに引っ越してきたとき、揉めたというほどではないが、意見が割れたことがひとつあった。

フッフールを寝室に出入り禁止にするかどうかだ。

私はひとり暮らししていたとき毎晩フッフールと一緒に眠っていたから、入れないのは仲間外れにするみたいで可哀想に思ってしまった。

いまなら、断固譲らなかった亮ちゃんが正しかったとわかる。

セックス中の普段とは違う私の姿を見たら、フッフールはきっと怯えてしまう。

「……香奈」

亮ちゃんの唇が、私の唇から離れた。

それを寂しく思うひまもなく、首筋や鎖骨にキスを落とされる。

チュッ、チュッ、と音を立てながら、亮ちゃんの顔がだんだんと下がっていく。

両手は胸や腰を撫で回していて、触れられているところからじんわりと亮ちゃんが染み込んでくる感じがした。

くびれの少ない腰も、重力に負け気味の胸も、ちゃんと愛してくれているのがよくわかって嬉しい。

亮ちゃんの手が、膝の裏をグッと持ち上げてきた。

「あ……」

一番恥ずかしいところを、至近距離から見られている。

カアッと顔が熱くなった。

自分のそこが、すでに熱くぬかるんでいるのがわかる。

これからそこに、なにをされるのかも、わかってしまう。

「美味しそう」

濡れたそこに、亮ちゃんの息がかかった。

割れ目にたっぷりと湛えられた蜜液を、舌ですくい取られる。

「んあっ……！」

舌で愛されるのは初めてではないけれど、そんなところを舐めるなんてと毎回恥ずかしくてたまらなくなる。

それなのに、敏感な花弁や肉芽を舐められるのは、どうしようもなく気持ちがよくて、腰が勝手に揺れてしまう。

これでは、もっと舐めてとせがんでいるみたいだ。

「んぅ……んあ、あぁ……！」

入り口をジュッと吸われ、ビクッと脚が震えた。間に亮ちゃんの頭があるから、閉じることはできない。

「どんどん出てくる」

亮ちゃんは楽しそうだけれど、私は恥ずかしいやら気持ちいいやらで、もう大変だった。

このまま舐められ続けていたら、体中の水分が愛液となって体外に流れ出し、干からびてしまいそうだ。

「あ、あっ……亮ちゃんっ……！」

亮ちゃんの舌が熱い。

「気持ちいい？」

一番敏感な突起をコロコロと転がすようにされて、あまりの快楽に目眩がした。

「うぅっ……き、気持ち、いいよぉ……」

体の深いところが甘く疼き、快楽が出口を求めて渦巻いているようだ。

このままだと、イッてしまいそうだと思ったとき、亮ちゃんは私の股間からスッと顔を離した。

「――香奈」

ぎゅっと抱き締められた、と思ったら、ベッドから起こされた。

「今日は上に乗って」

「あ……う、うん」

亮ちゃんは手早く下だけ脱いで、勃起したものにコンドームを被せ、ヘッドボードに背中を預けて座った。

私はもそもそと膝立ちで移動し、亮ちゃんに跨がった。

亮ちゃんの手が、私のお尻を撫でた。ここだよ、というように、硬いもので、入り口をトンと突かれる。

初めてではないが、対面座位にはまだ慣れていないので緊張する。

私は亮ちゃんの両肩に手を置いた。

深呼吸してから、ゆっくりと腰を落としていく。

「あっ……」

亮ちゃんに入れられるときと、自ら受け入れていくときでは、あそこの感覚がちょっと違う。私が亮ちゃんを少しずつ食べていっているみたいで、ゾクゾクする。

亮ちゃんはたぶん、ちょっともどかしく思っている。

でも興奮もしてくれているのがわかる。

「んうう……」

けっして焦らしているつもりはないのに、ゆっくりとしか動けないから、そうしているような感じになってしまう。

ベッドについている膝が震えた。

「あっ……はあぁ……」

普段入れられるときの倍くらい時間をかけて根元まで受け入れた私は、ホッとして亮ちゃんにべったり抱き付いた。

よくできました、というように、髪を撫でてくれるのが嬉しい。

「……亮ちゃん、左手出して」

私の背中に回っていた亮ちゃんの左手が、胸の前に来る。

その手に自分の左手を絡めて、私は笑った。

「おそろいだねえ」

「そうだね」

亮ちゃんは目を細めて私の薬指にキスしてくれた。

嬉しい。

「これでもう、香奈は俺から逃げられないよ」

「亮ちゃんだって」

陰陽の蛇でできた円環は、永遠を表す。

私たちの愛は、重いのだ。

「香奈……」

亮ちゃんの顔が近づいてきて、唇を重ねられた。

私は唇を開いて亮ちゃんの舌を迎え入れ、深い口付けになる。

「んん……ん……」

繋がりながらキスをすると、少し苦しいけれど、一体感がすごい。好きなひととじゃないと、絶対にこんなことできない。

手を繋いでキスをしたまま、亮ちゃんが腰を揺らしだした。

私のなかで硬いものの当たる場所が変わり、キュウッとあそこが締まる。

「んんっ、んっ……」

香奈も腰を使ってと促すように、お尻に置かれた右手でグイッと引き寄せられる。

この体位は、激しい出し入れはできないけれど、奥の方をグリグリ捏ねるみたいにされるのがよくて、私はすぐにイッてしまう。

「んああんっ、深いっ……！」

息が苦しくて、亮ちゃんの唇を振り払ってしまった。

繋がり合った部分から、ぐちゅぐちゅといやらしい音が聞こえてくる。

絡め合っている指に力が入った。

気持ちがよすぎて、勝手に腰が揺れてしまう。そうすると敏感な肉芽も擦れる形となり、私はたまらず背中を反らした。

「あっ、すごっ……！　い、いいっ……」

「俺もいいよっ……」

繋がっているところだけじゃなくて、体中が気持ちよかった。

お互いの汗で胸が張り付くのすら気持ちいい。

「あっ、どうしよう、すごく早くイッちゃうっ……！」

「いいよ、イッて」

耳元で囁かれ、ゾクゾクとした快感が背中を駆け上がってくる。

はしたないと思う余裕もなくグイグイと自分で腰を揺すってしまい、私は絶頂へ駆け上がっていく。

左手はしっかりと繋いだまま、亮ちゃんが右手で強く抱き締めてくれる。

「あぁっ……あぁあぁっ……！」

ポーンと空中に放り出されるように、私は絶頂に達した。

自分のなかが、ぴくぴく痙攣しているのがわかる。

亮ちゃんの硬いものの存在を、より強く感じた。

やがて大きな波は去り、私はぐったりと亮ちゃんに身を預けた。息はまだ荒い。

「んはっ、はあ、はあっ……」

「気持ちよかった？」

「……うん……ふぅぅ……」

それはなにより、という感じで私の髪を撫でて、亮ちゃんは体を離した。

私はボテッとシーツに身を投げ出し、亮ちゃんがコンドームの始末をしているのをぼんやり見ていた。

「……もう一回、する?」

なんとなく口にすると、亮ちゃんは驚いた顔で振り返ってきた。

「えっ、なんで?」

「なんでだろう……」

自分でもよくわからないが、その方がいいんじゃないかと思ったのだ。

でも考えてみたら、いままでずっと、私が何度もイカされることはあっても、亮ちゃんが一回イケばセックスはそれで終わりだった。

「香奈はまだ足りない?」

「ううん、全然」

でも今回私は、すごく早くイッてしまったのに、タイミングを合わせられるなんて亮ちゃんはずいぶん器用だ。

「じゃあ、おしまい」

まるで昔話の絵本を読み終わったみたいに、優しくそう言われた。

10　夏川亮

日課であるランニングをしながら、今日も僕は頭のなかで香奈を裸に剝いていた。

あまりいい傾向ではない。

毎日のように明るい時間帯からこんないやらしいことばかり考えていたら、いつか香奈に不審に思われてしまいそうで怖い。

でも昨日有楽町で献血に行ったとき、ゴム管で縛られていた香奈の二の腕が、とてもよかったのだ。

タコ糸や綿ロープ、麻縄辺りまでは想像の範疇だったが、ゴム管は盲点だった。

2センチくらい空けて、もう一か所縛ったら、かなりいい感じになるんじゃないだろうか。

くびりだされた肉のぷにぷに感を想像して、僕は生唾を飲み込む。

いや、腕に限定する必要もないか。

例えば太股をぴったりくっつけてもらって、両脚をまとめてゴム管で縛ってみる。

2センチくらい空けて、もう一本。二本。三本。

ああ、いいな。

すごくいい。

僕の脳裏には、ゴム管の縛り目のところがどこにあるかまで、具体的にイメージできている。ちなみに太股と太股の間だ。

いや待て、いっそ全身を縛ってしまったらどうだろう。

肩の少し下に、まず一本。

そこと乳頭の中間に、二本め。

胸の下に三本め。両腕もまとめて縛ってしまう。

くびりだされて歪んだ胸は、きっととても美しいことだろう。

たぶんいま、僕は恍惚とした顔をしている。

ランナーズハイになっていると思って、どうか見逃して欲しい。

6月12日（日）天気　晴れ
本葉が出はじめたので、間引きをした。
迷って、2本残した。元気に育ちますように。

11　小早川誠二《こばやかわせいじ》（26歳　夏川亮デザイン事務所所属）

表参道の青山通りから路地に入ってすぐの雑居ビルに、夏川亮デザイン事務所はある。所属しているデザイナーは十数名と、個人事務所としてはかなり大きい部類だ。所長はいまの俺の歳には、もう独立していた。そこから二年でここまで事務所を大きくした所長を、俺は心から尊敬している。

その所長だが、先日結婚してから、ずいぶんと変わった。

ワーカホリック気味で、たびたび事務所に寝泊まりしていたのが、リモートワークを大幅に増やし、週の半分も出所してこなくなった。

よほど奥さんと一緒にいたいらしい。

その気持ちもわかる。奥さんには一度挨拶させてもらったが、明るくてとても可愛らしいひとだった。

もともと所員たちの働き方については、締め切りとクオリティさえ守れていれば、事務所に来ようが家で作業しようがかまわないという姿勢だった。それでも所長が毎日事務所に来ていれば、やはりリモートワークにはしづらいというのが皆の本音だったから、口には出さないものの、皆所長の奥さんには感謝している。

いまの所員たちの働き方は、さまざまだ。

所長がリモートワークするなら自分も、とあまり出てこなくなった所員もいれば、変わらず毎日出所してくる所員もいる。

俺は後者だ。

満員電車で通勤するのが少々面倒ではあるけれど、うちには五歳と一歳の子供がいる。家で落ち着いて仕事なんて、とてもできない。

「――小早川」

「あ、はい」

俺は斜め前のデスクにいる、今日は来ていた所長に呼ばれて返事をした。

「俺午後から、撮影で出るから」

「わかりました」

たぶん、デパートのイメージ広告の案件だ。

だいたい半年前には動きはじめるから、きっと冬物商戦の広告だろう。

一方俺は、自分が担当しているマンション広告の案件が先方からの返事待ちで、手が空いている。

「所長、撮影、俺も見に行っていいですか」

「いいぞ」

快諾されたので、同行することにする。所長の現場は、見学するだけで勉強になる。

都内の某スタジオには、カメラマンとその助手の他に、クライアント側の担当者がずらりと並んでいた。広告宣伝担当だけでなく、もっと上の立場のひともいるようだ。皆、広告がどれだけ売上に貢献するか、よくわかっているのだろう。

「本日は、どうぞよろしくお願いいたします」

所長が深々と頭を下げた。その横で俺も同じようにする。

「こちらこそ、よろしくお願いいたします」

とクライアント側も挨拶してきた。

グラフィックデザイナーとして名前が売れても、所長の仕事のスタイルはほとんど変わっていない。相手側がびっくりするくらい腰が低いし、現場では誰よりもよく動く。

所長が所員たちによく言うのは「俺たちは芸術家じゃない」ということだ。

デザイナーの創作のすべては、クライアントのためにある。

クライアント側がうまく言語化できない部分まですくい取ってデザインに落とし込むのが、プロの仕事なのだという。そのためには、クライアントの会社の経営哲学まで知る必要がある。

「おはようございまーす」

少しして、冬物のコートやマフラーを身に着けたモデルが数名、スタジオに入ってきた。子供といっていい年齢の女の子もいた。

カメラマンがポーズを指定し、緊張をほぐすように白バックで何枚か撮ったあと、アンティークっぽい棚がモデルの横に置かれ、本や雑貨、プレゼント包装された箱などが並べられた。

所長はそれらの位置を、ミリ単位で調整していく。わざと斜めに配置された箱は、ずれないよう、見えないところでガムテープで止められた。

俺は所長が持ってきた、やけに大きな鞄のなかを見た。現場でなにかあってもすぐに対応できるよう、工具や文具が詰まっている。

撮影は、順調に終わった。

クライアントのお偉いさんたちは、満足げに帰っていく。

しかし直接の担当者が笑顔でこちらに歩み寄ってきたとき、所長は顔の前で手を合わせて言った。

「もうワンカットだけ、撮らせてもらっていいですか」

「それはかまいませんが……」

不思議そうな顔をした担当者の前で、所長は子供のようなモデルを呼び寄せた。

「走り出して、手を伸ばす感じで一枚いってみよう」

「え、でも……」

「ちょっと待って。これを使おう」

所長は鞄のなかから白い綿ロープを出し、走り出した感じで止まってもらうため、彼女のショートコートの下にぐるりとそれを巻き、端を俺に持たせた。

「ロープはあとで、パソコン上で消します」

コートの動きがなるべく自然になるよう整えてから、カメラマンが数カットシャッターを切り、撮影は終了した。


帰りのタクシーのなかで、俺は所長の鞄を持たせてもらった。それはずっしりと重かった。

「最後のカット、全然違うコンセプトでしたね」

「自ら冬を摑みに行くって感じで、いいだろ」

「使われると思います?」

「んー……たぶん、使われないだろうな」

そう思うのになぜわざわざ撮ったのだろうと思ったことは、顔に出ていたようだ。

「こういうのもありますよって、可能性を示すのも仕事のうちだよ。向こうのオーダー通りのもののなかに、いくつかスッと混ぜておくんだ。そうすると、ごくまれに、通ることもある」

「そういうものですか」

「そういうものさ」

なんでもないことのように所長は言う。

「俺だったら、最後のカット使います」

「ありがとう」

所長はそう言って笑った。たとえ最後のカットが使われなかったとしても、悔しい顔は見せないのだろう。

こういう大人に、俺もなりたい。

12 夏川香奈

海の香りと土の匂いがする我が家のベランダが、私は好きだ。

引っ越してきた当初は、十階も高さがあれば、作物に虫がつかないのではないかと期待した。その期待は甘く、放っておくと普通にアブラムシがわくので、こまめな手入れはかかせない。

いまはカラーピーマンがたくさん食べ頃になっている。あとで収穫して、マリネにしよう。

今日も朝からサンダル履きでベランダに張り切って出て、作物の様子を一通り確認してから、朝顔の観察日記をつけている。そんな私を、亮ちゃんが後ろからじっと眺めて、観察日記をつけている。

べつにいいのだけれど、亮ちゃんからは私の日記が見えているのに、私は亮ちゃんの日記を見たことがないというのが、なんだか不公平なように感じてきた。

「――ずるい」

私はバタンと観察日記を閉じた。

「えっ」

「亮ちゃんのも見せて」

亮ちゃんが私のことをどういうふうに描いているのか、単純に興味があった。

「いいよ」

あっさり承諾して、亮ちゃんは自分の日記を渡してきた。

表紙には『妻観察日記』と書かれている。ちゃんとレタリングして書いてあるのが亮ちゃんっぽい。

6月1日(水)
今日、香奈は、フッフールの両脇に手を入れて持ち上げ、「長ーい」と喜んでいた。
今日だけではないが。フッフールは本当に長い。
まるで彼の名前の由来である、幸いの竜のようだ。

文章の上には、私がフッフールを持って笑っている絵が鉛筆で描かれている。

「私ってこんな顔?」

自分が鏡で見ている自分より、三割増しくらいで可愛い気がする。

あと、ちょっと子供っぽい。

「こんな顔だよ」

真顔で言われた。

私の頬は、こんなにぷくぷくではないはずなのだが。

亮ちゃんには、私がこんなふうに見えているんだろうか。

さらにページをめくってみる。

6月6日（月）

関節の皺に絵の具が染み付いて取れなくなっている、香奈の小さな手が好きだ。

指は短めで、爪も短い。

今日はふたりで結婚指輪を受け取りに行った。

二色の蛇が尾を噛み合っているデザインは、香奈の好きな児童書の表紙から取った。

小さな手にゴツめのデザインがよく似合っていた。

俺の、奥さん。


文章の上に描かれている絵は、買ったばかりの結婚指輪をつけた、私の左手のアップだ。

私は自分の手があまり好きではない。

指がすらっとしていなくて子供の手みたいだし、爪の間がしょっちゅう汚れているから爪を伸ばしてお洒落できないし、関節は汚いし。

でもそんな手を、亮ちゃんがどんなに愛おしく思ってくれているのか、一目でわかり、胸がいっぱいになった。

その他の日にも、背を丸めて野菜の手入れをしている後ろ姿や、フッフールの爪切りをしようとして嫌がられているところなど、私の日常を温かく眺めてくれているのがわかる絵ばかりが、そこにはあった。

「えへへへへ」

私は亮ちゃんの脇腹を肘でつついた。

「亮ちゃんて、私のこと大好きだよね」

「大好きだよ」

それがなにか、くらいの勢いで断言してくれる。

くすぐったいけど嬉しい。

亮ちゃんはそんな私を見て目を細めたが、直後に小さく溜め息をついたのを、私は見逃さなかった。

「……亮ちゃん？　どうかした？」

なんとなく元気がないような気がする。

「午後からは、事務所に行かないと駄目そうだ」

「そうなんだ。帰りは？」

「遅くなると思うから、夕飯はいらない」

「わかった。いってらっしゃーい」

軽く言うと、亮ちゃんの唇がわかりやすく尖った。

むくれているのだ。

亮ちゃんは、私がひとりになるのをあまり好まない。

私のものを買うのでも、ほぼ一緒に出かけるし、リモートワークを七割くらいまで増やしたのも、私と一緒にいるためだ。

理由はわかっているとはいえ、まったく息苦しくないと言えば嘘になる。

「亮ちゃんさ。毎朝走りに出てるじゃない。あれはいいわけ？」

「……そうだけど」

結局、その程度の心配なのだ。

それでいい。

二十四時間、私にべったり張り付いていないと不安だと言われても困る。

「……今日は、午後から沙也香が遊びに来る予定」

「そっか」

目に見えて亮ちゃんの顔が明るくなる。

私もたいがい、亮ちゃんに甘い。

6月17日（金）

今日は香奈にこの日記を見られた。なんだかんだで嬉しそうだった。

きっとそのうちまた見られるだろうから、いまのうちに書いておこう。

愛してるよ。

13　増村沙也香（23歳　会社員）

香奈が雨の日に道端でフッフールを拾ったとき、一緒にいたのは私だ。

香奈が絵本のコンテストで大賞を取り、どうしても受賞式に出ないといけなくなったとき、フッフールの面倒をみたのも、私だ。

つまり私は、フッフールの第二の飼い主だと言っても過言ではない。

なにが言いたいかというと、私にはフッフールを吸う権利がある。

というわけで、この日私は代休を使い、フッフールに会いにやってきていた。

香奈の新居は、湾岸にバンバン立っているタワーマンションのうちのひとつだ。私が住んでいるひとり暮らし向けの賃貸マンションみたいに、ペット飼育禁止じゃないのが心底羨ましい。

エントランスに入る前に一回、居住棟に入る前に一回鍵を開けてもらって夏川家の玄関までたどり着く。

「いらっしゃーい」

香奈と亮さんが満面の笑みで私を迎えてくれた。その足元には、フッフールが行儀よく座っている。

「あ、亮さんもいたんだ。こんにちは」

まずい、いないものだと思い込んでいて、ケーキを二人と一匹分しか買ってきていない。

「いま出るところ。沙也香ちゃんの顔見てから行こうと思って」

「お仕事ですか？」

亮さんとはやっていることのレベルが違うが、私も企業の宣伝部でデザインの仕事をしている。

「うん。完全リモートは、まだちょっと難しいね」

「印刷物の色味なんかは、実物見ないとどうしようもないですもんね。うちもリモートは、せいぜい三割くらいです」

それじゃ行ってくる、と亮さんは私と入れ替わるように仕事に出かけていった。

「香奈、大丈夫？」

「え、なにが？」

香奈は首を傾げた。

「玄関に柵つけなくて。フッフール脱走しちゃわない？」

「全然大丈夫。外に出たいそぶりすら見せたことないもん」

「ならいいけど」

私は靴を脱ぎ、香奈の後をついてリビングに向かった。

うちの倍はある広いリビングに入ったのは、二度目だ。これだけ自由に走り回れるスペースがあったら、たいして外に出たくもならないか、と納得した。

「ケーキ持ってきたよ。人用と猫用」

「やったー！　コーヒーいれるね」

香奈は鼻歌でも歌いだしそうな顔で、キッチンに入った。

私はカウンターにケーキの箱を置き、さっそくフッフールを抱き上げた。

「フッフールー、久しぶりー」

「ニャー……」

喜ばれてはいない。

まあ抱かせてやるか、という顔をしているが、それでいい。

まさに抱かせていただいているのだから。

私はフッフールの背中の辺りに顔を埋めて、思い切り息を吸った。

「んんん……はあぁぁ……」

猫は体臭が薄い。それでも、干し草みたいな匂いがほんのりして、癒やされる。

日頃のストレスがどこかへ飛んでいくようだ。

私が夢中でフッフールを吸っている間に、コーヒーが入ったマグと、ケーキの載ったお皿がダイニングテーブルに並べられた。

後ろ髪引かれる思いで、フッフールを床に下ろす。

「またあとでね」

フッフールは、自分の餌台に置かれたケーキをめざとく見つけ、そっちへ向かっていった。

「いただきまーす」

と手を合わせて、さっそく人間用のケーキを食べはじめる。

フッフールのケーキは、ちゃんと猫用のものだ。

小さな円いケーキは、甘くない生クリームで縁取られていて、中央には松阪牛のそぼろがたっぷりとトッピングされている。

人間から見ても、豪華で美味しそうだ。

フッフールは見慣れないものだからか、しばらくフンフンと匂いを嗅ぎ、なんだこれ？という顔をしていたが、恐る恐るひと舐めしたあとは夢中になって食べはじめた。

よかった。

三千円もしたのに見向きもされなかったら、ガッカリしてしまう。

「人間用のケーキも美味しいね、フッフールのケーキの四分の一の値段だけど」

「ちょっと聞いた!?　フッフール、大事に食べてよ！」

香奈が慌てたように言った。

人間用のミルクレープも本当に美味しかった。デパ地下で三十分並んで買った甲斐があった。

「そうだ、沙也香、沙也香」

香奈はウキウキした顔をしている。

「なに」

「見て見て、じゃじゃーん！」

目の前に差し出されたのは、香奈の左手の甲だった。

あ、指輪か。

左手の薬指にしているということは結婚指輪なのだろうけど、それにしてはなかなか尖ったデザインだ。

「結婚指輪にウロボロスとはまた、かっこいいことするね」

どこかのブランドでこんな指輪を出していたなと、少し考えて思い出した。

「グッチだっけ？」

「グッチのは蛇一匹だったから、デザインして違うとこで作ってもらっちゃった」

香奈のこういうところが好きだ。

私と香奈は、学生時代から、仲がいいのを不思議に思われることが多かった。

まず容姿が対照的だ。

香奈は肩までのくるくるした茶色い髪で、身長は一五〇センチちょっと。

私は黒髪のストレートロングで、身長は一七〇センチ弱。

性格も、香奈はよく笑ってすぐ泣くのに対し、私は喜怒哀楽がそんなに激しくない。

仲良くなったきっかけはささいなことだった。私がヒエロニムス・ボスの三連祭壇画『快楽の園』の中央部分が印刷されたTシャツを着て専門学校へ行ったときに、香奈が一番奇妙な右のパネル部分が印刷されたTシャツを着てきた。

それからたまに話すようになり、妙に馬が合って、卒業後もちょいちょいふたりで会っている。

「香奈って、見た目と趣味のギャップすごいよね」

「え、そうかな」

本人はピンときていないようだ。

「見た目から想像すると、もっと可愛い絵を描きそうでしょ、ふんわりしたクマちゃんウサちゃんみたいな」

「本人けっこう可愛い絵描いてるつもりなんだけど……」

微妙な顔をされたが、香奈の描く絵は、可愛さ八割不気味さ二割みたいな絵だ。色は落ち着いていて、描写は細かい。

「指輪だって、ピンクゴールドに小さい石ついたようなの選びそうじゃない」

「ええっ、可愛いでしょ、蛇」

なるほど、可愛いの基準が、ひととはちょっと違うらしい。

とそのとき、キッチンのカウンターに置かれていた香奈のスマホが、ブルブルと震えだした。

香奈はバッとスマホを手に取り、明らかに落胆した様子で電話に出た。

「はいはーい。なに？　いま沙也香来てるんだけど」

お母さん、と、唇の動きだけで電話の相手を伝えてくる。

「お米はいいよ、ふたりだとそんな食べられないもん……野菜もいいって。ベランダでけっこう作ってるから。あ、ねえ、夜にでもかけ直すね。じゃ」

香奈は身内らしい雑さで、さっさと電話を切った。

それからスマホの画面を見つめて、はあ、と溜め息をついた。

「まだ、連絡こないの？」

「……うん」

「そりゃあ落ち着かないね」

「いつもいつも考えてるってわけじゃないんだけどね。電話がくると、どうしても期待しちゃう」

と、香奈は苦笑いした。

「連絡がくれば、少しは亮ちゃんが過保護なのもましになるのかなって」

「そんなに過保護なんだ」

「私をなるべくひとりで家に置いておきたくないみたい。まあ、朝走りに出たりはしてるし、事務所に行かなきゃいけないときは行ってるけど」

「自分がいないときに、またなにかあったらって、思っちゃうんでしょう」

亮さんの気持ちは、わからないでもなかった。

「なにもないよ、こんなセキュリティガチガチのマンションで」

香奈の気持ちも、まあわかる。

私はケーキを食べ終え満足そうな顔をしているフッフールを膝に抱き上げた。

「まあいいや。私は、フッフールを吸いに来たんであって、新婚さんののろけを聞きに来たんじゃないんで」

「のろけてないって！」

はいはい、と私は適当にあしらった。

あんまり真面目に聞く気にならないのは、亮さんが香奈をものすごく可愛がっていることは、見ていればわかるからだ。

「いまはほら、もちろん夫婦なんだけど、香奈の保護者みたいな気持ちがあるんじゃないの」

「そこまで年離れてないのに」

「五歳差だっけ」

「うん、そう」

「子供でもできれば、夫婦だけの関係性から父母と子供って関係になって、また変わるんじゃないのかな」

「子供かあ……」

考えたこともなかったという反応だ。

まあそうだろう。私たちは、まだ若い。

「亮ちゃんと私の子供……へへ……」

想像して照れ笑いする香奈は本当に可愛い。

これは亮さんが過保護になってしまうのもわかる。


亮さんは帰ってこないし、私はひとり暮らしなので、夕飯はふたりで食べることにした。

一緒にベランダに出て、料理に使う野菜を収穫する。

「相変わらず、すごいね」

いったいなにを目指しているんだ。農家か。

と思うくらい、さまざまな野菜がベランダの端から端まで使って育てられている。

「沙也香、ミニトマトとかキュウリ、ちょっと持って帰ってよ。できすぎちゃって、食べるのが追いついてないんだよね」

「もらうもらう、シソも欲しい」

「いくらでも取ってって」

整然と並んだコンテナは、手入れが行き届いている。

こういうところ、香奈はすごくまめだ。

「……ん?」

並べられているコンテナを端から見ていて、ある鉢植えに目が留まった。

葉の形にものすごく見覚えがある。

これはたぶん、野菜ではない。

「ねえ、香奈」

「なに?」

「これって朝顔?」

「わかる? 昔育てさせられたよね」

ずいぶん懐かしいものを育てているんだなと思った。パッと見た限り、野菜でないものはこの鉢だけだ。

「いまさ、観察日記描いてるの」

「朝顔のっ!?」

小学生か。

「小学生かって思ったでしょ」

「思ったよ」

「理科の授業でやったとき、私の鉢だけ芽が出なくて、先生が予備で育てた朝顔の絵を描かされたんだよね。それが無茶苦茶悔しかったから、いまリベンジしてるの」

私は驚いて香奈を見た。

「あれ、芽が出ない子っているんだ」

「いるんだよ……」

沈痛な面持ちで香奈が言う。

小学一年生がどんなに適当に世話しても花が咲くような植物だから、長年朝顔が教材として使われているのだろうに。

「それでね、朝顔の観察日記つけてる私を見て、亮ちゃんったら、『妻観察日記』をつけだして――」

「あ、のろけはけっこうです」

「のろけじゃないいっ」

私は香奈がわあわあ言っているのを聞き流して、持って帰る用の野菜をせっせと収穫した。

6月18日（土）天気　くもり

本葉が増え、つるが伸びてきた。支柱を立ててつるを巻き付けた。

根元を避けて、追肥。

14　夏川香奈

キュウリが、大量になっている。

朝日が差し込むベランダで、私は途方にくれていた。

昨日沙也香に五本持って帰ってもらったけれど、そんなものじゃ全然追いつかない。

サラダや和え物にしていたのではいくらも食べられないし、野菜をお裾分けするほど仲のいいご近所さんもいない。

だいたい、作っておいてなんだが、私はそれほどキュウリが好きではない。

「――というわけで、焼こう」

「え、キュウリを？」

そういう発想はなかったらしく、隣にいた亮ちゃんは目を丸くした。

「お昼ご飯、あそこ行こうよ、ほら、手ぶらで行けるバーベキュー場。持ち込みオッケーだったよね」

「肉も食べていいなら」

「いいよ。キュウリ一本につきお肉一枚」

「ええ……」

嫌そうな顔をされたことには、気付かなかったふりをした。


キュウリ以外にも、カラーピーマンやニンジン、ソラマメなんかも収穫して、私たちは家から歩いて二十分ほどのところにあるバーベキュー場へ向かった。

私は車で行こうよと言ったのに、二十分くらい歩きなよと言われてしまったからだ。

たぶん、キュウリ一本につきお肉一枚と言ったのを根に持たれている。

大人げない。

可愛い。

天気は快晴。

東京湾の目の前にあるバーベキュー場からは、レインボーブリッジ越しにお台場の景色がよく見えた。

バーベキュー場は、家族連れや若者グループで賑わっていた。

ここはバーベキューに必要な機材がすべて揃っていて、火起こしから片付けまでスタッフがやってくれるので気軽に来られる。

食材はここで注文してもいいし、持ち込みも自由だ。私たちは野菜をたくさん持ってきていたので、肉のセットだけ二人前注文した。

スタッフに火起こしをしてもらい、張り切ってトングを持つ。

「よーし、焼くよー！」

キュウリはあらかじめ切ってきた。

まずは縦半分に切ったものを網に載せ、両面焼く。それから塩と粉チーズ、コショウを断面にふって、さらにオリーブオイルをかけたら出来上がりだ。

厚さ二センチくらいの輪切りにしたものは、割り箸に刺して、切った面を焼く。こんがりと焼き色がついたら、みそマヨにつけて食べる。

「へえ、案外美味いな」

亮ちゃんが焼きキュウリを食べて、感心した顔をする。

「でしょ？　ひとり十本ノルマだからね」

他の野菜や肉も網に載せて、焼けるのを待つ。

今日はもう夏の陽気だ。

キッチンカーで買ってきたハイボールが美味しい。亮ちゃんも生ビールを飲んでいる。

やっぱり車で来なくて正解だった。

ナスやカラーピーマンも、焼いて軽くオリーブオイルと塩をかける程度で本当に美味しい。さすが採れたてだ。

キュウリを五本食べたところでお腹がけっこういい感じになってきて、私はアウトドアチェアに座って、辺りを見回した。

土曜日で天気もいいから、バーベキュー場の区画は八割方埋まっているように見える。

定員十人までの大きい区画は、若い人たちが多い。大学生のグループだろうか。

六名までのファミリー区画は、その名の通りファミリーが多かった。よく見れば、うち以外全部子連れだ。マシュマロを焼いたりして、みんな楽しそうだ。

――子供かぁ。

昨日の沙也香との会話を思い出す。

子供ができたら、亮ちゃんと私の関係は変わるんだろうか。

隣の区画の夫婦は、たぶん私と亮ちゃんと同じくらいの年齢だ。三歳くらいの子供をひとり連れてきている。

若い夫婦なのに、私と亮ちゃんとは、全然雰囲気が違う。いかにも「お父さんとお母さん」という感じで、とても落ち着いて見えた。

とそのとき、隣の区画の子供が、よちよちと私の方にやってきた。

「なあに？　どうしたの？」

「あげる」

なにかと思ったら、焼く前のマシュマロだ。

「ありがとう」

と私は笑顔で受け取った。

「あらあらっ、すみません」

すぐに母親がやってきて、子供の両脇に手を入れて持ち上げた。私がフッフールを持つときと同じやり方だ。

子供は、抱えられたままバイバーイとこちらに手を振っている。

可愛い。

「なにもらったの？」

亮ちゃんが尋ねてきた。

「マシュマロ」

私はプレゼントされたマシュマロを、ヒョイっと口に放り込んだ。

甘くてふわっとした、懐かしい味だ。

「ふふっ、美味しい」

亮ちゃんは骨付き肉にかぶりついている。

キュウリのノルマは、もう達成したようだ。

私は亮ちゃんが小さな子供を抱いている姿を想像した。

私は亮ちゃんが声を荒らげたところを、一度も見たことがない。小さい子相手でも、怒るのではなく、懇々と諭すような子育てをしそうだ。

きっといいお父さんになると思う。

「私たちも、子供欲しいねえ」

べつにいますぐ子作りに励もうとか、そんなつもりはなかった。

ふたりの間に子供がいるのも悪くないなという、漠然としたイメージに過ぎなかったのだが。

「……、そうだな」

亮ちゃんの返事が一拍空いたことが、私の心に引っかかった。

6月18日（土）
自分でキュウリのノルマひとり10本と言っておきながら、
もう嫌になっている香奈の顔（8本目）

15 夏川香奈

これ、じゃない。

こっち、でもない。

私は脚立の一番上に座って、本棚の資料を漁っている。

探しているのは、中世のお城について、外観も内観も詳細に英語で解説しているぶ厚い本だ。

さっきから、何度もくしゃみが出る。

一番上の棚はあまり使っていなかったから、埃がすごい。そのうえなんでもごちゃごちゃに突っ込んであるせいで、なにがどこにあるのか非常にわかりづらい。

整然と片付けられた、亮ちゃんの仕事部屋の本棚とは全然違う。

この機会に掃除すればいいのかもしれないが、あいにくいまはそういう気分ではない。資料を探すことで頭がいっぱいなのだ。

「――あ、あった」

十分ほど埃と格闘して、私はなんとかぶ厚い本を見つけた。

軽く埃を払って胸に抱え、トントンと脚立を下りる。

16　フッフール

「――フギャアアアアアアッ!!」

17　夏川香奈

脚の裏にむにっとした感触がしたと思った瞬間、下からすごい鳴き声がした。

「えっ、フッフール!?　いたのっ!?」

部屋にいることに、全然気付いていなかった。

どこを踏んでしまったのか確認しなければ、と思ったが、フッフールの姿はすでにない。

「フッフール！　フッフール！」

名前を呼んで、自分の部屋を走り出た。

廊下にもいない。

すぐにリビングへ向かい、フッフールのお気に入りの場所を探していく。

ソファの上、キャットタワーの上、爪とぎを置いた箱のなか、餌台、水飲み場。

「フッフール！　どこっ……！」

踏んだのはどこだろう。

右前足だったらどうしよう。

私のせいでうまく動かせなくなった右前足が、もっと動かなくなってしまったらどうしよう。

「ごめん……ごめん、フッフール、出てきてよ……」

目に涙が滲んできて、視界がぼやける。

泣いている場合じゃない。

早く病院へ連れていかないと。

キッチンにもいない、もしかして寝室――とそっちに足を向けかけて、ハッとした。

ベランダに出る窓が、開いている。

まさか。

パニックになって、ベランダから外に、なんてことがあったら——。

怖くてベランダに行って確かめることもできず、リビングに立ち尽くす。

「——香奈?」

「亮ちゃんっ」

後ろから呼ばれ、弾かれたように振り返った。

「どうしよう、フッフールが——」

「フッフールなら、洗濯機の横にいるよ」

「……え?」


亮ちゃんに手を引かれ、洗濯機の置いてある脱衣所に行った。

フッフールは、洗濯物の入った籠のなかにいた。

左の前足を、神経質に舐めている。

たぶん、踏んでしまったのはそこなのだろう。

「……ごめん」

謝ったけれど、フッフールはチラリとも私の方を見ない。

フッフールにしてみれば、なぜいきなり痛いことをされたのか、まったく理解できないはずだ。

「なにがあったんだ?」

「フッフールが部屋にいるのに気付いてなくて、脚立から下りたとき踏んじゃって……」

「そっか」

亮ちゃんはフッフールの前にしゃがみ、左の前足をそっと手に取った。

曲げてみたり、伸ばしてみたり。

フッフールは少し嫌そうにはしているが、さっきのような鳴き方はしない。

「……大丈夫そうだな」

「よ、よかった……」

私はへなへなとその場に座り込んでしまった。


話は四月末にさかのぼる。

その日私は、ひとり暮らしをしていたアパートの玄関の鍵を掛け忘れていた。

亮ちゃんが遊びに来ることになっていたので、どこか気が緩んでいたのだと思う。

1Kの狭いアパートで、キッチンと部屋の間の引き戸は閉じていた。

玄関から物音が聞こえてきたとき、私は亮ちゃんが来たと思って、笑顔で引き戸を開いた。

その瞬間、場の空気が凍った。

目の前にいたのは、まったく知らない人物だった。

若い男性で、帽子を目深にかぶり、マスクをしていたのを覚えている。

驚いていたのは私だけでなく、男もだった。あっさり玄関ドアが開いたので、住人は鍵をかけ忘れて出かけたと思ったらしい。

帽子とマスクの間で、元は細そうな目が、いっぱいに見開かれていた。

私は私で、ポカンと口を開けて、固まってしまった。

緊張した空気をパリンッと壊したのは、フッフールだ。異変を察し、私の足元に来て、喉を鳴らし男を威嚇した。

尻尾はぶわっと膨らんでいた。

「くそっ……！　な、なんでいるんだよっ」

それで逃げてくれればよかったのに、男は持っていたロープで、Tシャツ一枚だった私の上半身を縛り上げようとした。

男のひとの腕力にはかなわないけれど、できる限りの抵抗はした。

私が暴れている間、フッフールも男の右手や顔を思いっきり引っ掻いて戦っていた。

「痛えな、ちくしょうっ！」

男の傷だらけになった手が、フッフールを振り払った。

家具にぶつかって、フッフールがギャフンと声を上げる。

「フッフール！」

男が台所を見た。

上手く縛れないから包丁で脅そうとでもいうのか。

刃物を持ち出されると、さすがに厄介だ。

どうしよう、どうしようと思っていたら、玄関のドアが開いた。

現れたのは、亮ちゃんだった。

「香奈、鍵開いて——えっ⁉」

亮ちゃんが状況を把握するのは、早かった。

靴も脱がずに、一直線に男に向かっていった。

「チっ」

男はなにも盗めないまま、二階の窓から飛び降りた。そのまま亮ちゃんが追おうとするのを、私は太股に抱き付いて阻止した。

亮ちゃんが怪我をしたら大変だ。

「香奈、怪我はっ」

「私は大丈夫だけど、フッフールが……」

怯えたように部屋の隅へ行き、ひたすら右の前足を舐めている。

私は二の腕の上の方から下の方へぐるぐると適当にロープを巻いて縛られた感じで、肘から下は自由になっていた。

よっぽど焦っていたのだろうが、ひどい縛り方だ。

「亮ちゃん、これ、ほどいてくれる?」

すぐにフッフールを病院へ連れていってやらなくてはいけない。それから警察にも連絡をしなくては。

しかし亮ちゃんは、縛られた私の体をじっと見て黙っていた。

「……亮ちゃん?」

「ごめん」

ハッとしたような顔をして、やっと私の体に食い込んだロープを外してくれた。

家に来ていきなりこれだもの、亮ちゃんだって、下手したら私より怖い思いをしたことだろう。

「亮ちゃん」

自由になった腕で、私は亮ちゃんに抱き付いた。

「私は大丈夫だよ。なにも取られてないし、亮ちゃんがすぐ来てくれるってわかってたし、どこも怪我してない。だからあんまり心配しないで」

「……うん」

赤みの残ってしまった二の腕を、亮ちゃんの手が撫でてくる。

優しい。

ふたりで動物病院と警察に行ったあと、亮ちゃんはこんな危ないアパートに香奈を置いておけないと強く主張した。

同棲じゃなくて結婚することにしたのは、そうしない理由がなかったからだ。

事件から二日後には私は亮ちゃんのマンションに引っ越し、同じ日に私たちは区役所に婚姻届を提出した。

不法侵入してきた男は、まだ見つかっていない。

フッフールはぶつかったところが悪かったらしく、いまも少しだけ右前足を引きずっている。

6月19日（日）
日曜でも見てくれる病院にフッフールを連れていった。
骨に異常はなさそうだ。ホッとした。香奈は行き帰りの車のなかで少し泣いていた。

18　小早川誠二

月曜の今日の事務所は、出所率が半分といったところだろうか。

色校の確認をしに来たようで、所長も今日は出てきていた。

毎日会えるわけではないので、いまのうちに確認してもらいたいことがある。俺は資料を手に、所長のデスクへ向かった。

「所長、A社の広告案見てもらっていいですか」

「あ、うん」

「こんな感じでいきたいんですけど」

資料の写真と、ラフスケッチを何枚か見てもらう。

所長は真面目な顔でそれらを見て、具体的な指摘をいくつかしてくれた。

「――なるほど、ありがとうございます」

自分では思いつかなかった視点に、さすが所長だと感服した。

俺はさっそくもらった指摘を反映させるため、自席に戻ろうとしたが。

「……他にもあります？」

所長がなにか言いたげな顔をしているように見えた。

「あ、いや……」

所長の目が泳ぐ。言おうかどうか迷っているみたいに。

いつでも物事をハッキリ言う所長が、こんな仕草をするのは珍しい。

「小早川さぁ……」

「はい」

「キュウリいらない？」

「はいっ？」

予想していなかった方向の質問に、つい大きな声が出てしまった。

「いや、うちのベランダで作ってるんだけど、ふたりじゃ食いきれないくらいできちゃって。あんまり育っちゃうと、まずくなるし」

「普通に好きなんで、いただけるなら喜んで」

「じゃ、今度持ってくるよ」

「ありがとうございます」

これでさすがに話は終わりだろうと思ったが、所長はまだもの言いたげな顔をしている。

「まだなにか?」

トマトでもピーマンでもどんとこいだ。

「あ、いや……」

所長の目が、さっきより泳ぐ。

今日の所長は本当にどうかしている。

内心だいぶ驚きながら、俺は所長の言葉を辛抱強く待った。

「……なあ、子供って可愛いか?」

「はいっ?」

俺は耳を疑った。

所長はプライベートなことについて、あまり口にするタイプのひとではなかった。

「あ、いまってこういうこと聞くの、セクハラになっちゃうのかな」

「いや、全然いいっすけど……可愛いというか、小さい怪獣みたいなものですよ」

寝顔は素直に可愛いと思えるが、妻が美容室に行ったりして、たまにひとりで子供ふたりの面倒をみなくてはいけないときは、気が狂いそうになる。

日中ほぼひとりで子供たちの世話をしている妻には、まったく頭が上がらない。

「……出来婚した俺が言うのもなんですけど、しっかり新婚生活楽しんでからの方がいいと思いますよ」

ちょっとだけ、先輩ヅラしてしまった。

所長は新婚さんだ。奥さんは俺より年下なはずだし、急ぐこともないだろう。

「余計なお世話で、すみません」

「いや、ありがとう」

そう言った所長は、どこか浮かない顔に見えた。

もしかしたら奥さんに、早く子供が欲しいと急かされているのかもしれない。

6月22日（水）　天気　晴れ
今日はとても暑かったのに、お水をあげるのを忘れてしまった。
ごめんんね。

19　夏川亮

「今日は、ナス祭りです」

香奈が言った。

「夏祭り？」

まだ六月だ。

「早くない？」

「違う、ナス、祭り」

なるほど、言われてみれば食卓には、ナス料理がずらりと並んでいる。聞くまでもなく、ベランダのナスが、なりまくったのだろう。

焼きナス、田楽、煮びたし、炒め物、辺りまでは、よくわかるし僕も好きだ。

「……ナスご飯っていうのは、初めて見た」

「味は美味しいよ、たぶん」

たぶん、が少々気になったが、僕らはいただきますをして、さっそく大量のナスと戦いはじめた。

「あ、美味い」

とろっとしたナスとご飯が、よく合う。

「でしょでしょ」

味噌汁をひと口飲む。具材も当然、ナスだ。

どれも美味しいが、ポリフェノール摂取過多で、明日辺り肌が紫色になりそうだ。

大量にナスを食べまくる僕たちを尻目に、フッフールはいつものドライフードをカリカリと食べている。機嫌も食欲も、悪くない。

香奈が左前足を踏んでしまってから丸二日くらい、フッフールは香奈に対してかなりよそよそしいというか警戒した態度を取っていたが、もうすっかり元に戻った。

フッフールにつれなくされた香奈が泣きそうな顔をしているのを見ているのは辛かったので、僕もホッとした。


その日の晩、読書灯の明かりを絞ると、香奈が体を擦りよせてきた。

「亮ちゃん、もう寝ちゃう?」

「なに。眠れないの?」

「そうじゃないけど」

誘われている。

それくらいわかる。

あまり顔には出さなかったが、僕はかなり驚いていた。

香奈の方から誘ってくるなんて、本当に珍しい。

といっても、僕の方から誘う機会も、そう多くはない。

僕らはこれまで、どちらからともなくベタベタして、そういう空気になったらする、みたいなやり方がほとんどだった。

「いいよ。しようか」

平日だし明日も仕事だが、もちろん喜んで応える。毎朝走っているので、それくらいの体力はある。

僕は香奈の肩を抱いてキスをした。

「んっ……」

唇と唇で、じゃれ合うような口付けを交わす。

香奈はキスが好きだ。

うっとりした顔で口を半開きにしている香奈は、本当に可愛い。唇を割って舌を差し入れれば、チュウッと軽く吸い上げて応えてくる。

香奈と初めてキスしたときのことを、ふと思い出した。

あれはたしか、付き合いはじめて一週間くらい経ったときだった。香奈が住んでいたアパートの前まで車で送り、降りる前にキスをした。

香奈はガチガチに緊張して、少し震えていた。その緊張が僕にも移って、ひどくぎこちないキスだったのを覚えている。

それがいまでは、キスをしながらの呼吸だってすっかり上手になった。

香奈の腕が、僕の首に回ってくる。

強く抱き締め合いながらの口付けは、目眩がするほど気持ちがいい。

重なった胸から、香奈の心臓の音が伝わってくる。

「んん……はぁっ……」

くちゅくちゅと唾液の弾ける音が、やけに大きく聞こえて、腰にきた。

そろそろ先へ進みたくなり、僕は香奈のパジャマのなかに手を入れ、背中を撫でた。

「んふっ……！　あ、待って」

香奈が唇を離して言った。

「なに？」

「今日は、私が……」

香奈の手が、パジャマの上から僕の股間を撫でてきた。

「えっ……いや、俺はっ」

「いつも私が、亮ちゃんに触られてばっかりだもん。私だって、たまには亮ちゃんに触りたい」

その権利が自分にはある、と目が主張している。

「わ、わかった」

僕にしても、べつに嫌なわけではない。

ただ、あまり無理をして欲しくはなかった。

「よし、じゃあ脱いで」

と、香奈は妙に張り切っている。

僕は少々複雑な気分でパジャマとボクサーパンツを一緒に脱いだ。

さっきのキスだけで、股間のものは上を向いている。香奈は僕の脚の間に入ってきて、それと対峙した。

香奈の手が、僕の手とは全然違う小さくて可愛い手が、肉の棒をギュッと握る。

「くっ……」

「すごい、硬い……」

根元から先へと、グイグイしごかれて、声を上げそうになる。

先端が濡れてきているそれを、香奈は至近距離からじっと見つめている。

そんなキラキラした目で見るのはやめて欲しい。

香奈は童顔だ。もちろんいい大人なのはわかっているが、罪悪感が湧くというか、若干いたたまれない気分になってしまう。

香奈の手は上下に動き続ける。

けっこう力を入れているつもりなのだろうけれど、自慰をするときより刺激はずっと弱い。香奈が疲れてきたらやめてもらおうと考えるくらい、僕には余裕があったのだが。

「もっと気持ちよくしてあげる……ん……」

香奈の頭が下りてきたと思ったら、ペロリと先端を舐められた。ピリッと痺れるような快感が生じ、ビクッと震えてしまった。

「香奈、そこまでしなくていいって」

「なんで？」

くびれたところまでを、パクッと咥えられた。

「亮ちゃんはいつもしてくれるじゃない」

咥えたままモゴモゴ喋られ、硬直してしまう。

濡れた舌が裏筋をなぞる。そのまま先端をチュパチュパとしゃぶり、手で棹をしごいてくる。

香奈にフェラチオされるのは、初めてではなかった。

しかしほんの数回で、香奈はこういう行為に慣れていない。僕にしても、慣れて欲しいとはあまり思っていなかった。

香奈の幹をしごく手の動きが、だんだん速くなっていく。

気持ちいいことは気持ちいいのだが、僕は与えられる快感にあまり没頭できずにいた。

「んっ、んふっ、んんっ……」

香奈の口は小さい。

それほど深く咥えているわけではないが、僕には苦しそうに見えてしかたがない。

「んっ……もういいよ、香奈」

香奈は僕のものから口を離した。

「気持ちよくなかった?」

香奈の眉尻が下がる。

「気持ちよかったよ、ありがとう。でももう、香奈のなかに入りたい」

「……わかった」

香奈は顔を赤くして、肉棒から手を離した。

「あと、してもらいたいことない?」

いったいどうしたのだろう。

今日の香奈は、サービス満点だ。

「え、そうだな……」

「なんでもいいよ！」

「それじゃ、自分で裸になってもらおうかな。俺からハッキリ見えるように」

「い、いいよ」

一瞬ウッとなったように見えたが、香奈は僕の要望を飲んだ。

やけに真面目な顔をして、パジャマのボタンに手をかける。

そのまま止まって、チラリと僕を見た。

いつもはだいたい、キスや愛撫をしているうちに、僕が一枚ずつさりげなく脱がせてしまう。あぐらをかいて、完全に見守る体勢の僕の前で脱ぐのはかなり恥ずかしいらしく、香奈の顔は赤い。

「後ろ向いちゃだめ……？」

「だめ」

「うう……」

恨みがましい目で見られたけれど、可愛いとしか思えない。

やっぱり僕は、奉仕されるより、香奈が恥ずかしがったり気持ちよがったりしているのを見ている方が好きだ。

結婚指輪をした小さな手が、パジャマのボタンをプチプチと外していく。その下はすぐに素肌で、焼きたての白パンみたいな美味しそうな乳房が現れた。乳首がわずかに外側を向いているのが可愛い。

続けて下だが、パジャマのズボンはあっさり脱ぎ捨てられた。

ショーツの両脇に手がかかって、一度香奈の動きが止まる。

後ろを向いちゃだめとは言われたが、横を向くのがだめとは言われていないと解釈したらしく、お尻を軸に九十度回転して、僕から大事なところが見えないようにした。

それでも、チラチラこちらを見ながら、小さな布を腰から下ろし、お尻と太股を通過して足首から抜いていく仕草は、とてもいやらしかった。

「ぬ、脱いだよ」

「それじゃ、俺にお尻を向けて、四つん這いになって」

「うぅ……」

香奈は恥ずかしそうに呻いたが、のそのそと体勢を変え、言った通りにしてくれた。

丸くて美味しそうなお尻の狭間に、たっぷりと蜜を湛えた秘苑が見えた。

後背位でセックスするのは久しぶりだ。

香奈は正常位でいちゃいちゃしながら交わるのを好むし、僕もそれは好きなのだが、それはそれとして、この動物じみた体勢もたまにはしたいのだ。

肉棒にコンドームを被せ、膝立ちで香奈の背後ににじり寄る。左右に揺れるお尻を捕まえて、その中心に硬くなったものを押し付けた。

「あっ……」

ゆっくりと腰を押し出す。

熱くぬかるんだ狭い穴をこじ開け、ズブズブと奥へと進んでいく。

香奈の背中が反り返って、美しい曲線を描いた。

「んはあぁ……」

肉棒の先端が奥の壁を叩くと、香奈は大きく息を吐いた。シーツについている両手が、少し震えている。

「……動くよ」

僕はさっそく腰を使いだした。この体位だと、繋がっているところがよく見えて、興奮する。香奈の花弁は赤く充血していて、僕のものは、口紅を塗った口に食べられているかのようだ。

「あっ、はあっ」

ぐちゅっ、ぐちゅっ、と粘った音が結合部から聞こえてきた。それと同じリズムで、香奈の口から喘ぎ声が漏れる。

しばらく突いていると、体を支えているのが辛くなってきたのか、香奈の上半身がシーツに崩れ、頭の上にある枕を抱えるような格好になった。

性交に必要な部分だけを僕に差し出しているようで、たまらなくいやらしい。

「んぐっ、くぅぅっ……！　深いぃ……！」

いやいやするように、香奈の頭が動く。それなのに香奈の内部はもっと奥へ来てくれと言わんばかりに、きゅうきゅうと僕を締め付けてきた。

「深いの、好きだろ」

下半身まで崩れてしまいそうな香奈の腰をしっかり掴み、何度も自分しか入ったことのない蜜穴を出入りする。

掻き出されてきた蜜液が、糸を引いてシーツに落ちた。

「あぁん、亮ちゃん、亮ちゃぁんっ……！」

奥を突かれながら、香奈がなにか言いたげに振り返ってきた。そんなに切ない声で名前を呼ばれると、なんでも言うことを聞いてあげたくなる。

「なに？」

「顔が……顔が見たいよぉ……」

「いいよ」

僕は頷いて、ずるりと蜜穴から肉棒を引き抜いた。抜けた衝撃で、ビクンっと香奈の背中が震える。

「仰向けになって」

「うん」

香奈はホッとした顔で、向きを変えた。

僕は香奈の太股を抱え、改めて張り詰めた先端を熱い秘苑に押し当てた。

何度も出入りした膣道は、軽く体重をかけるだけで簡単に肉棒を飲み込んでいった。そのくせ、もう出ていかせないとでもいうようにきつく締め付けてくる。

「亮ちゃん」

香奈の腕が首に回ってきた。脚は腰に回ってくる。香奈は体中べったりとくっついて一体感を味わうのが好きなのだ。

こうなると激しい出入りはできないため、僕はぐいぐいと押し付けるように腰を動かして、香奈のいいところを刺激してやる。

「ああっ、そこぉ……っ」

「好きだろ？」

コクコクと小さく頷くのがたまらなく可愛い。

僕は香奈が気持ちよくなれれば、それでよかった。

「あっ、あぁっ……」

香奈の爪が食い込んで、チリっと肩が痛んだ。

僕は何度も力強く腰を押し出し、香奈のなかを抉った。肉棒を包む粘膜が、ピクピクと震えだしたのがわかる。

香奈が達しかけているのを察し、僕は顔を近づけて唇を奪った。

「んむうぅっ……！　んっ、んんっ、んっ」

上も下も粘膜をくっつけ合い、強く抱き締め合う。

奥の弱いところを先端でこねまわしながら、舌で上顎を舐めてやれば、香奈はもう耐えられない。

「んんっ……んあああっ！」

ビクッ、ビクッ、と大きく体を跳ねさせて香奈は絶頂に達した。

香奈はいつも可愛いが、イッている顔は最高に可愛い。

わなわなと震える唇に何度もキスを落としながら、僕は香奈が落ち着くまでずっと硬くなっているものを埋め込んだままでいた。

「んはぁ……はぁ……あぁ……」

「気持ちよかった?」

汗の浮いた額に唇を落として尋ねる。

「うん」

「それはなにより」

「……亮ちゃんは?」

「え?」

尋ね返されて、思わず動きが止まった。

「亮ちゃんは、気持ちよかった?」

「もちろん」

そう答えたのは、嘘ではなかった。

20 夏川香奈

天気は快晴。

今朝も亮ちゃんは、いつも通り食事の前に走りに行った。

私はフッフールを抱いて亮ちゃんを見送り、玄関に鍵をかけた。

「ニャー」

フッフールがご飯の催促をしてくる。

「ごめんフッフール、ちょっとだけ待ってて」

私には、亮ちゃんが帰ってくる前にやってしまいたいことがあった。

フッフールを廊下に下ろし、ちょっと撫でて、急いで寝室に戻る。

クイーンサイズのベッドの左側、つまりいつも亮ちゃんが寝ている側の足元には、ゴミ箱が置いてある。

普段は各部屋のゴミを集めて回るときにしか触ることがないそれに、手を突っ込む。

こんなところ、絶対に亮ちゃんには見られたくない。

探しているものは、すぐに見つかった。

昨日セックスしたあと、亮ちゃんがコンドームを縛ってティッシュに包んだものだ。

そっと開いて、コンドームの精液が溜まるところを確認する。

「――やっぱり」

疑念は、確信に変わった。

亮ちゃんは、私とのセックスで、イッていない。

おかしいと思ったのだ。これだけ頻繁にセックスしていて、毎回毎回ふたりが同じタイミングでイケるわけがない。

それなのに、私がイク前に亮ちゃんがイッてしまったことも、私がイッてからも行為を続けたことも、結婚してからない。

「亮ちゃん、どうして……」

私はティッシュごとコンドームを握り締めて、呟いた。

どうすればいいのか、わからなかった。

6月25日（土）
香奈はフッフールを抱きながら、一日中パッチワークキルトでベッドカバーを作っていた。ベッドはクイーンサイズだから、かなり大きい。たいへんだ。
ときどき、スマホの画面を見つめてボーッとしていた。
少し元気がないようで、気になる。

21　増村沙也香

日曜の昼下がり。

新宿三丁目駅から歩いて十分ほどのところにある隠れ家風のカフェで、優雅にランチを楽しんでいる。

ほうれん草とベーコンのキッシュやオニオンスープはとても美味しかったし、食後のコーヒーもいい香りだ。

これで、向かいのソファに座っている香奈が、終始お通夜みたいな顔をしていなければ、最高だったのだが。

「——で、なに」

「いや……あの……だめっ、こんなことやっぱり話せないっ」

このやり取りは、店に入ってもう五回目だ。

そんなに気は短くないつもりだけれど、さすがに嫌気がさしてきた。

私はマグカップに入っていたコーヒーを飲み干して、テーブルに置かれた伝票に手を伸ばした。

「特に話すことがないなら、帰るね」

「あーん、待って！」

涙目で手を摑まれた。

「じゃあ、なに」

いい加減にしろと、目で訴える。

迷うように視線をさまよわせてから、香奈はこちらに身を乗り出し、囁くような声でようやく言った。

「私って……女として、どっかおかしいのかな……？」

「……どっか、とは」

香奈の顔が赤い。

これは、もしやアレではないか。

「はあぁぁ……」

私は溜め息をついて頭を抱えた。

「夜の夫婦生活的な話を、独身の私にしてどうすんの」

「だって沙也香しかいないもん、こんな話できるひと」

恥ずかしさに耐えきれなかったのか、香奈は両手でバッと顔を覆ってしまった。

友達の下半身事情なんて、聞きたくないにもほどがある。

でも他に相談できるひとがいないというのもわからないではなかったので、諦めて聞くことにした。

「なんで、そう思ったわけ？」

「あのね、その……そういうことするとき、亮ちゃんが……」

「亮ちゃんが？」

「……って、ないの」

「声ちっさ」

「イッてないのっ！」

香奈がヤケ気味に言った。

今度は聞こえた。

「まあ……そういうときも、あるんじゃないの」

そうとしか言いようがなかった。

「そういうもの？」

「体調とかにもよるでしょ。香奈だって、毎回毎回必ずイッてるかっていうと、そんなこともないんじゃないの？」

「……イッてる」

「……そうですか」

生々しい。

親しい友人のこういう話は、なかなかキツいものがある。

「ちゃんと確認したのは昨日だけだけど、たぶん、たまにじゃないの。亮ちゃん、結婚したくらいからずっと、私としたときイッてない」

「なんでわかるの？」

「沙也香、前に言ってたじゃない。『男は出すもの出したらガラッと態度が変わるのが腹立つ』って」

たしかに言った。

「亮ちゃん、まったく態度が変わらないんだもん。さすがにおかしいなと思って、昨日ゴミ箱から使ったコンドーム探して、確かめちゃった。そしたら……出してなかったの」

あまりの生々しさに目眩がしてきた。

「……イク、イカないはべつとして、行為自体はできてるんだよね？」

香奈が涙目で頷く。

「だったら、香奈の体とか魅力がうんぬんって話ではないんじゃないの？」

「じゃあ、なんで？」

知らないよと言いたいところだけれど、真剣に悩んでいるのはわかるので、とりあえず一般論で答える。

「遅漏か、特殊な趣味でもあるか」

「チローってなに」

「……あそこの感覚が鈍くて、なかなかイケないひとってこと」

「でも、結婚前は、たぶんだけど普通にイッってたよ？　あと特殊な趣味ってなに？」

「さあ」

お手上げ、と両手を広げてみせた。

妻である香奈がわからなくて、私にわかるわけがない。それに、席間隔の広い店とはいっても、特殊な趣味を声に出して並べ立てるのはつらい。

「あとは、新婚とはいえ、付き合いはじめてからは一年以上経つわけじゃない？」

「そうだね」

「マンネリ化してきたって線はあるかもね」

「マンネリ化……」

香奈が大真面目な顔で呟く。

これは、もしかしたら、余計なことを言ってしまったのかもしれない。

私は心のなかで「ごめん」と亮さんに謝った。

22　小早川京子《きょうこ》（25歳　主婦）

帰宅した夫は、キュウリとシソとナスがたくさん入ったビニール袋を持っていた。

「これ、所長から」

「あら、助かる」

夫はよく食べるひとだ。野菜なら、いくらもらっても無駄にならない。

さっそく今晩は、叩きキュウリのピリ辛漬けを作ろうと算段する。

夏川所長のところでは、奥さんがベランダ菜園でいろいろ作っているらしい。うちでもやってみたいけれど、一歳と五歳の子供に振り回される日々で、とてもベランダ菜園までは手が回らなそうだ。

下の子が幼稚園に入るくらいになったら、できるだろうか。

子供たちの教育にもよさそうだ。

「所長の奥さんって、まめだよね」

「『作る』って行為が好きみたいだよ。絵でも手芸でも野菜でも」

「所長の奥さんといえば、昨日――」

私は昨日、子供ふたりを連れて、所長のマンションからほど近いところにある大きなショッピングモールに行っていた。

そこにある、いろんな職業を体験できる子供向けの施設に行くのが目的だったのだが、そのあと、館内のフードコートに向かう途中、所長の奥さんを見かけた。

結婚してすぐのときに一度ご挨拶させてもらっただけだから、見間違えかもしれないけれど。

「……フフッ」

「なんだよ」

「いやぁ、新婚さんだなあって、思って」

所長の奥さんは、ひとりで下着屋さんに入っていくところだった。

それだけならごく普通のことだろうが、ものすごく気合の入った顔をしていたのだ。きっと、夫が喜ぶような、素敵な下着を買いに行ったのだろう。

バタバタと生活に追われ、ブラとショーツがバラバラな自分を、少々反省した。

23　夏川亮

この日の夕飯は、香奈が生地からピザを作った。

トッピングは、スライスしたマスカルポーネと、ベランダ産のバジルをたっぷりと。

トマトソースも、もちろん自家製だ。

焼きたてのピザは最高で、僕たちは夢中になって一枚を食べきった。

その間に焼いた二枚目を食べながら、

「――そういえば一昨日、小早川の奥さんが、そこのモールで香奈のこと見かけたって」

と何の気なしに言うと、ピザに伸ばしかけていた香奈の手がピタッと止まった。

「……イッテナイヨ」

ロボットみたいな口調で言われた。

香奈は嘘が下手だ。

しかしなぜそんなつまらない嘘をつくのか、僕にはわからなかった。

日曜は、沙也香ちゃんとランチに行っていたことは知っている。

その帰りに、家からすぐそこのモールに買い物に寄ったのを隠すことに、いったいなんの意味があるのだろう。

やけにスマホを気にしていることといい、最近の香奈は少しおかしい。

「……香奈、俺に黙ってることないか？」

少し、言い方がキツくなってしまった。

僕を裏切っているとまでは思わないが、隠しごとをされるのは少々おもしろくなかった。

しかし香奈は、一歩も引かない構えで、睨むように僕を見てきた。

「亮ちゃんこそ」

「えっ」

まさかそう返されるとは思わず、僕は言葉を失った。

「……」

「……」

せっかくのピザが、ふたりの間で冷めていく。

どのくらいそうしていたか、キッチンのカウンターに置いてあった香奈のスマホから、着信音がした。

「あっ……！」

飛びつくように、香奈がスマホを掴む。

しかし画面を見た瞬間、興味をなくしたように表情をなくし、ササッと操作してすぐにスマホを置いた。

友達からのメッセージかなにかだったようだ。

おかげで緊迫した空気は壊れたが、しらけたような空気になり、それはそれでひどく居心地が悪かった。

「……ピザ、温め直すね」

「……うん」

香奈が食べかけのピザを持ってキッチンに入る。レンジでチンして、すぐに戻ってきた。

それからの食卓は、静かだった。

食欲はすでに失せていたが、僕らは残りのピザをほぼ無言ですべて胃に収めた。

24　夏川香奈

鼻の下まで湯船に浸かりながら、私は夕食のときのことを思い起こしていた。

ケンカしたとまではいえない。でも、たったふたりの家族で気まずくなったのは嫌だったし、せっかくのピザも、あまり味がしなかった。

私がつまらない嘘をついたのが悪かったのだとは、わかっている。

でも亮ちゃんだって、嘘をついて――嘘をついては、いないのか。べつに亮ちゃんは

「毎回ちゃんと射精してます」なんて言ってない。

「んー……」

私だけが悪いとはやっぱり思えないけれど、意地を張ってもしかたがない。

「よしっ」

勇気を出そう。

私はザバッと立ち上がって、グッと拳を握った。


入浴を済ませた私は、緊張しながら寝室に向かった。

亮ちゃんがびっくりするのは、間違いない。それはいい。

ドン引きされたら、立ち直れないかもしれない。

ドアの前で深呼吸してから、寝室に入る。

なかなかベッドに近寄っていかない私を見て、手に文庫本を持った亮ちゃんが不思議そうな顔をしている。

「香奈?」

「さっき、モールに行ってないって、嘘ついたじゃない」

「やっぱり嘘だったんだ」

亮ちゃんの声は柔らかかった。もう怒ってはいないようだ。

「……下着屋さんに行ったの」

「おう」

だいぶ期待のこもった「おう」だった。

「それで……」

それで、なにを言えばいいのだろう。

言葉に詰まってしまった私に、亮ちゃんは両手を広げて言った。

「おいで」

私はおずおずと亮ちゃんの横に座った。

「見せてくれる?」

すぐに「うん」とは言えなかった。

「それが……その、あんまり普通の、じゃなくて……」

「普通のじゃない、とは」

「店員さんに、どんなものをお探しですかって言われて、セクシーな感じで……って言ったら、セクシーっていうか、そもそも下着ってなんだっけみたいな……」

「――見たい」

私がもごもご言っているうちに待ちきれなくなったらしく、亮ちゃんはプチプチとパジャマのボタンを外しだした。

「あっ……」

ボタンを三つ外した辺りで、亮ちゃんの手がピタッと止まった。

私は恥ずかしさに耐えきれず、ギュッと目をつぶった。

真っ白いレースのブラは、ブラというか、ほぼ紐だった。胸を覆う三角形の布地の面積は極小で、真ん中には縦穴が空いている。

「可愛い」

亮ちゃんの顔が胸に近づいてきて、チュウッと乳首を吸われた。

「んああっ」

私は甘い声を上げてしまった。

ブラをしたまま乳首が吸える下着の意味って、ほんとなんなんだろう。そう思ってしまうけれども、とりあえず亮ちゃんに引かれなくてよかった。

ちゅくちゅくと音を立てて、亮ちゃんは私の乳首を吸い続ける。もどかしいような、くすぐったいような快感が湧き上がってきて、暑くてしかたなくなってきた。

「下も見たいな。見ていい？」

「いい、よ……」

自分で穿いておいてダメとは言えないが、ブラ以上に恥ずかしく、膝と膝を擦り合わせてしまう。

亮ちゃんの手がパジャマのズボンにかかった。

スルスルと膝まで下ろされ、ショーツが露わになる。

「おおっ……」

亮ちゃんが驚いた声を上げた。

私は恥ずかしいなんてものじゃない。

ブラとお揃いのショーツは、真ん中に縦穴が空いているところまでお揃いだった。

「すごい、パンツを穿いたままなのに、あそこに触れる」

亮ちゃんはパジャマを足から引き抜いて、うっすら開いた太股の間に手を入れてきた。

割れ目に指が埋まり、くちゅりと湿った音がした。その瞬間口内に舌を差し入れられ、呼吸がままならなくなる。

「んふっ……んんっ」

上下の粘膜を同時に刺激されるのは、気持ちよくてたまらなかった。着たままの上のパジャマが、汗で湿る。

割れ目を上下に行き来する指先は、時折いたずらするみたいに入り口に食い込んだり、肉芽を弾いたりしてくる。私はそのたび、ビクビクと背中を震わせ、亮ちゃんの口のなかに熱い息をこぼした。

「……これ、お尻の方はどうなってるの？」

いったん指を抜いて、亮ちゃんは私の体をひっくり返した。

お尻の方は、紐だ。

Tバックよりもさらに紐で、ショーツを穿いているはずなのに、お尻は丸出しになっている。

「すごい、可愛い」

「……んっ」

お尻を撫でられながらショーツをクイクイされ、甘い声が出てしまう。

お尻に背中、太股まで、亮ちゃんの手が這い回る。

その手は、熱くて気持ちがよかった。

「あっ、もう、そんなに触ったら……」

「触ったら？」

「気持ちよく、なっちゃうぅ……」

「それはよかった」

腋の下や脚の付け根など、敏感なところに触れられ、ゾクリと背中が震える。

「あっ……ああっ！」

亮ちゃんの指が二本合わせて体の奥に入ってきた。

あそこが勝手にキュウッと締まり、とろとろと熱い粘液を吐き出す。

「すごい、熱い」

「亮ちゃんだって」

私は太股に当たっていた肉の棒をギュッと握った。私に入りたくて熱く、硬くなっているんだと思うと、興奮する。

しかし亮ちゃんは、まあまあ香奈はいいから、という感じで、私の手を肉棒から外した。

まただ。

どうも亮ちゃんは、私を気持ちよくすることには熱心だけれど、自分の快楽にはさほど頓着していない節がある。

「私だって、亮ちゃんに気持ちよくなって欲しいって思うんだよ」

そう言うと、亮ちゃんは少し困った顔をしてから、こう言った。

「……それじゃ、上に乗ってみてくれる？　あ、パンツは穿いたままで」

亮ちゃんは下だけ脱いで軽く脚を開き、仰向けになった。

両手は頭の下に入れていて、完全に待ちの体勢だ。

「い、いいよ」

抱っこされるような形でしたことはあるが、完全に私主導で交わったことは、まだ一度もなかった。

恥ずかしい。けど、後には引けない。

私はおずおずと、亮ちゃんに跨がってみた。硬くて長い肉棒が、亮ちゃんのお腹に向かって倒れ、幹が剝き出しの割れ目に食い込む。ホットドッグを連想して、ちょっとだけおもしろくなった。

「あ、それいい」

亮ちゃんが目を輝かせた。

「え?」

「入れる前に、そのままちょっと、腰を振ってみてくれないか」

「あ……う、うん」

亮ちゃんの胸の辺りに手を置き、割れ目全体を使って砲身を擦る。

ねちっ、ねちっ、と粘着質な音がした。

「んあっ、こ、これ……」

亮ちゃんのものを愛撫しているようでいて、私の敏感なところも同時に刺激されてしまう。

「すごい、ぬるぬるだ」

ある意味入れるよりいやらしいことをしているようで、顔が熱くなってきた。

「うぅ……恥ずかしいよぉ」

こんないやらしい下着を身に着けて、お尻を振って。それなのに、気持ちよくてやめられない。

そんな私を見る亮ちゃんの目は、ギラギラしていた。

「恥ずかしいけど、気持ちいい？」

「う、うんっ……」

敏感な肉芽が、カリ首に引っかかって鋭い快感が生まれる。

「……入れたい？」

コクコクと、何度も頷く。

私のなかから溢れた愛液で、穿いたままのショーツも、亮ちゃんの下腹部も、もうぐちょぐちょだ。

「いいよ」

と、亮ちゃんが小さな声で言う。

悪い遊びに誘われた子供みたいに、ドキドキした。

大きく息を吐いてから、そっとお尻を上げる。ねちょっ……とふたりの間に粘った糸が引かれた。

亮ちゃんは自分から動く気がまったくないようで、じっと私を見ていた。

硬いものの根元に指を添え、入り口に丸くてつるりとした先端を宛がう。

ごくりと生唾を飲み込んで、ゆっくりと腰を下げる。

「ああっ……！」

くびれたところまでが、ちゅぽんとなかに入ってきて、衝撃にビクンと震えてしまった。

もう何度も繋がってきたのに、閉じ合わさっていたところが開かれるこの瞬間だけは、まだ慣れない。

強烈な異物感と、これから訪れることがわかっている快感への期待で、心臓の動きは激しい。

少し落ち着いたところで、またゆっくりと腰を落としていく。たっぷりと分泌された愛液のおかげで、粘膜がきしむ感じはしなかった。

ずぶずぶと連結が深まっていき、やがて私のお尻がペタンと亮ちゃんの下腹部を叩いた。

「はっ、はあぁ……入っちゃったぁ……」

自分の体重がかかるからか、普段よりも深いところまで亮ちゃんが入ってきている感じがした。

「香奈は気持ちよさそうな顔するなぁ」

「だって……んん、亮ちゃんも、気持ちいい……？」

「いいよ」

私のお尻を両手で撫でながら、亮ちゃんが笑った。

「そのまま、自分が気持ちいいように、腰を揺らしてごらん」

「ん、うん」

私は恐る恐る腰を使いだした。

先端がすごく深いところにあるからか、少し動いただけで体の奥をゴリッと抉られるみたいな感じがした。

苦しさと気持ちよさが入り混じった感覚に怯えながら、くいくいと前後に腰を揺らし続ける。

「あっ……いい……」

私はだんだんとコツを摑んできた。

自分のイイところに亮ちゃんのものが当たるように、調節して、腰を使う。あまりに気持ちよくて、自分で腰を振る恥ずかしさは徐々に薄れていった。

亮ちゃんは私の邪魔をしない程度に、太股やらお尻を撫でてくれている。

「亮ちゃんも、気持ちいい……？」

「香奈が俺を使って気持ちよくなってると思うと、興奮する」

そのままイッて、と上擦った声で囁かれた。

「あっ、あああっ」

私は亮ちゃんの胸に爪を立てた。

硬くて太いものが自分のなかを出入りする感覚に翻弄され、亮ちゃんに気を遣うことができない。

「んああっ、深いぃっ……！　もう、ダメっ……」

子宮の入り口をこねられているのがハッキリとわかる。それなのに熱くなった粘膜は、亮ちゃんをもっと奥へと引き込もうとしているみたいに蠢く。

「ああっ……イ、イクぅっ……！」

泣きたくなるような快感が腰から背骨を走り、全身で弾ける。私は背中をのけぞらせて、

ビクンビクンと体を震わせた。

「う……」

粘膜にきつく締め付けられた亮ちゃんが、眉を寄せ、小さく呻いたのが聞こえた。

6月30日（木）天気　くもり
本葉が10枚くらいまで育った。摘心。
しかたないことだけど、ちょっとかわいそう。

25　夏川亮

黙々とランニングコースを走りながら、僕は今日も香奈のことを考えていた。

昨日の香奈には驚かされた。まさかあんな下着を購入していたとは。なるほどそれは、店に行ったと言いづらいわけだ。

乳首や割れ目をまったく隠す意思のない形状は見応えがあったし、自分で着用しておいて、香奈がめちゃくちゃ恥ずかしそうだったのもたまらなかった。

でも一番よかったのは、お尻だ。

あのむっちりとしたお尻。

揉むと、乳房より肉の詰まった感じがする。

その尻に、ショーツの股布を食い込ませたときのいやらしさといったら。

股縄をかけられたらこんな感じかと想像したし、ふんどしを締めさせたらこんな感じかと妄想した。

股縄をかけるときは、クリトリスに当たるところに結び目をひとつ作ってやりたい。そうして割れ目にキリキリと縄を食い込ませ、歩かせたら香奈はいったいどんな顔をするだろう。

ひとしきり股縄について考えたあとは、朝顔の蔓について考えた。

頭のなかがエロモードだと、なんでもかんでもいやらしく見えて困る。

いま香奈が育てている朝顔は、蔓が伸びて、支柱の15センチくらいのところまで巻き付いている。

僕は香奈が両手を上げて立ち、蔓に巻き付かれている様を想像した。

ああ、いいな。

すごくいい。

締め付けは弱いだろうが、大事なところは本葉が隠していて、趣がある。

朝顔なら、香奈も好きだしきっと喜んでくれる、などと自分に都合のいい想像をした。

26 夏川香奈

枝豆のさやが、だいぶ膨らんできた。あと何日かしたら、食べ頃になるだろう。

茹でたての枝豆をつまみながらビールを飲むことを想像しただけで、唾が出てくる。

サヤインゲンは、もういい感じ。収穫して、今晩胡麻和えにして食べよう。

意識して、昨晩のことは考えないようにしていた。

ゴミ箱のなかも、見ていない。

もうあんな真似はしたくない。

昨晩は、エッチな下着を着たおかげで、いつもより盛り上がってしまった。

亮ちゃんは私に恥ずかしいリクエストをしてきたりして、ノリノリだったと思う。

私もいつも以上に感じた。

あんなに濃密な時間を過ごして、それでも亮ちゃんがイッていない、なんてわかってしまったら、立ち直れない。

あ、だめだ、考えないようにしようと思っているのに、また昨晩のことについて考えてしまっている。

「はあぁ……」

やっぱ、無理か。

愛されているのは、わかる。

愛情は、ビシバシ伝わってきている。

でも、昨晩、亮ちゃんがイッてないことも、薄々わかっていた。

これはもしや、「体の相性」が悪いってやつなんだろうか。

あんなに気持ちいいのに？

首を振りながら、サヤインゲンの入ったボウルを手に、室内に戻る。

マンネリ化。

沙也香が言っていたワードが、また脳裏に浮かぶ。

エッチな下着では足りないのか。

あとは、なんだろう。大人のオモチャ、とか？

全然詳しくないから、どういうのがあるのか知らないけれど。

「……オモチャねぇ」

つい声に出してしまった。

「ニャー……」

足元にいたフッフールがキラキラした目で見上げてくる。オモチャと聞いて、遊んでもらえると思ったようだ。

「フフッ、いいよ、遊ぼ」

フッフールを抱いて、おもちゃ箱のところへ行った。

7月4日（月）天気　雨
まだ緑色だけど、つぼみが3つ出てきた。
あと何日かで花が咲きそう。

27　夏川香奈

亮ちゃんがいない日のランチは、いつも手を抜いてしまう。

今日も、六枚切りの食パンにベランダの野菜を適当に挟み、マヨネーズをかけて出来上がりだ。

サンドイッチとも呼べないようなそれを頬張りながら、真っ白い画用紙を見下ろす。

最近思うような絵が描けない。

雑念が多いからだろうか。

フッフールは作業机の隅に座ってじっとこちらを見ている。早く描けよと言っているみたいだ。

「描きます。描きますよ。これ食べたら」

モシャモシャとサンドイッチを咀嚼していたら、フッフールが、んーっと伸びをした。

シュルッと、ほとんど音もなく床に下りる。

私がなにも描かないから、飽きてしまったのか。

私の仕事部屋から出ていく姿をなんとなく見守っていると、フッフールは廊下を、リビングへ向かうのと逆の方へ向かった。

そっちにあるのは、風呂場と亮ちゃんの仕事部屋だ。亮ちゃんの部屋はドアが閉まっているだろうから入れないとして、洗面所にある洗濯籠のなかを毛だらけにされると少々困ってしまう。

抱いてリビングへ連れていこうと、廊下に出た。

「あれ、フッフール……?」

ひょいっと覗いた洗面所に、フッフールの姿はなかった。

えっ、と思って亮ちゃんの仕事部屋の方を見る。

ドアが、薄く開いている。

「えっ⁉」

こんな細い隙間からまさか、と思うが、猫は液体だ。ちゅるっと入っていった可能性は否定できない。

「フッフール？　だめだよ、亮ちゃんの部屋は……」

そーっとドアを開いて、中を覗く。

相変わらず、綺麗な部屋だ。雑然とした私の部屋とは全然違う。ものが収まるべきところにきちっと収まっている。

フッフールはいないようだ。

と思ったら、本棚の一角にしれっと座っていた。置物みたいで、違和感がなさすぎて見過ごすところだった。

「もーっ、亮ちゃんに叱られるよ。ほら、行こう」

手を差し出したけれど、フンッと横を向かれてしまう。

可愛くない。

可愛いけど。

「あ……？　フッフール、なんか踏んでる」

ノートだ。

フッフールの下からずるっと引き出してみたそれは、「妻観察日記」だった。

私はなんの悪気もなく、表紙をめくった。

何回か見たことがあるし、亮ちゃんだって私の「朝顔観察日記」を普通に見ているから、見ちゃいけないなんて思いもしなかった。

「――え？」

私の記憶がたしかなら、日記の一番最初、6月1日に書かれていた内容は、フッフールを持ち上げて「長ーい」と喜んでいる私の様子だったはずだ。

でもいま、この手にある日記には、全然違う私の姿が描かれていた。

いったいどういうことなんだろう。

――2冊、ある……？

私に見せられる普通のと、これと。

自分の部屋の掃除はお互い自分でするから、私が亮ちゃんの部屋に入ることなんて、コーヒーを入れてあげたときくらいだ。

亮ちゃんがいないときに入ったのは、いまが初めて。

私は日記を見るのをやめられなかった。

ひとが秘密にしていた日記を勝手に見るのはどうかと思ったけれど、書かれているのは全部私のことなのだ。

震える手でページをめくり、私はこの「裏日記」とでも呼ぶのが正しいような「妻観察日記」にすべて目を通した。

ほぼ毎日書かれている表日記と違って、日付は飛び飛びだったが、一日当たりの文章量は多く、スケッチは緻密だ。

ひと言で言うなら、熱量がすごい。

「……亮ちゃん」

私は亮ちゃんの思いが詰まったそのノートをぎゅっと胸に抱き締めた。

ショックがなかったと言えばウソになる。

ただ、自分がどうすればいいのかは、わかった。

すぐには無理だけれど。覚悟が決まるまで、せめてあと何日か欲しかった。

7月6日（水）天気　晴れ

つぼみの先が色づいてきた。

明日の朝には花を咲かせそうだ。

28　夏川亮

香奈と向かい合って座り、ベランダ産のナスがたっぷり入った昼食のパスタを食べている。

ここ数日、香奈の様子がおかしい。

下着店に行ったのを隠していたときみたいなおかしさではなく、心ここにあらずというか、なにか考え込んでいるような感じがする。

悩みがあるなら話してくれたらいいのに。夫婦なのだから。

そんなことを考えてしまうが、では僕は香奈になんでも相談できているのかというと、そんなことはないのだから、勝手なものだ。

「はあ……」

香奈が小さく溜め息をついた。

それも気になるが、パスタにほぼまったく味がついていないことの方が、いまは気になる。香奈は普通にもりもり食べているから、指摘するのもなんだし、黙って目の前で塩をった。


ふるのも躊躇してしまう。

僕が皿のなかのパスタをなんとか半分ほど胃に収めたときだった。

キッチンカウンターに置かれていた香奈のスマホが震え、香奈がハッとした顔で駆け寄
「──はいっ、夏川です」

メッセージではなく、電話だったようだ。

もしやこのところずっと香奈が気にしていた電話かと、僕は聞こえてくる声に集中した。

「はいっ……はい、はい……」

通話している香奈は、いままで見たこともないような真剣な表情をしている。

「はい……あぁ、ありがとう、ございました……」

通話は終わったようだ。

スマホを握ったまま、香奈はカウンターの前でしゃがみ込んでしまった。

「香奈っ？　どうした、なにがあった」

心配になり、隣に行って、肩を抱く。

「亮ちゃん」

香奈がぎゅっと抱き付いてきた。

抱き返して、背を撫でる。

「うん？」

「捕まったって、犯人」

「犯人――って、あの⁉」

「そう、私のうちに侵入してきた、あの犯人」

興奮と安堵からか、香奈の説明はたどたどしかったが、言いたいことはだいたい伝わってきた。

約二か月前に香奈がひとり暮らししていたアパートに侵入した犯人が、懲りずに他の家に侵入したところ、返り討ちに遭って拘束され、通報されたらしい。

そして取り調べのなかで、香奈の件と、他数件の犯行を自供したということだ。

「よかった……本当によかった……」

しがみついてきている香奈の手が、細かく震えている。

僕も震えるほど、安堵していた。

警察の見立てでは、行き当たりばったりの犯行で、香奈個人を狙ったストーカー的な犯罪ではないだろうといわれていたが、心のどこかに、またあいつが香奈を狙うのではという思いが常にあった。

香奈は僕以上に、不安だったのだ。

不安で、ずっと待っていたのだ。警察からの、犯人確保を知らせる電話を。

考えてみれば当たり前の話だが、香奈があまりに普通に暮らしていたものだから、気付けなかった。

「不安だって……警察からの電話を待ってるって、言ってくれたらよかったのに」

「いつまでも、あの事件のことを気にしてるって、亮ちゃんに思われたくなかったの」

それもわかる。

香奈が不安を隠さなかったら、僕は無理やりにでもリモートワークを百パーセントにして、香奈から一時も離れなくなっていただろう。

「……ごめん」

被害者である香奈に気を遣わせてしまった自分が、情けなかった。

「なんで亮ちゃんが謝るの」

「謝りたかったから」

僕らはひそひそ話するみたいに小声で話して、カウンターの下で手を繋いだ。

29 夏川香奈

お揃いのパジャマを着た亮ちゃんと、ベッドに腰掛けて手を握り合う。

「――家でひとりになるのは、ほんとに怖くなかったの。私が住んでたボロアパートと違って、このマンションなら怪しいひとはそうそう入ってこられないから。フッフールもいるしね。だけど……」

亮ちゃんの肩に、ポテッと頭を預けた。

「ひとりで外に出ると、たまに『もしかしたら、犯人がいまどこかから私のことを見てるかもしれない』って、急に怖くなる瞬間があって。向こうは私の顔をしっかり見てたけど、私の方はマスクと帽子でちゃんと見れてなかったから」

「……全然気付いてなかった。本当にごめん」

「そりゃ気付かないよ、亮ちゃんと一緒に出かけてるときは怖くなかったもん」

「俺は逆だと思ってたんだ」

「逆？」

「家にひとりでいると、あのときのことを思い出して怖がってるんじゃないかって」

「あのときのことが、トラウマになってたらそうだったかもね。でも、フッフールも亮ちゃんも、私のことすぐ助けてくれたから」

私はパタンとベッドに倒れ、両手を広げた。

「あーっ……でもこれでやっと、犯人の幻影に怯えなくていいんだ……」

深呼吸して解放感に浸った。

自分で思っていた以上に、犯人が捕まっていなかったことは心の負担になっていたようだ。

「んふっ、んフフフフ」

体が軽くなって、いまならなんでもできる気がした。

寝転がったまま笑う私の前髪を、亮ちゃんが優しい顔でいじる。

その手を取って、指輪の上から薬指にキスをした。

これで、わだかまりはひとつ消えた。私は解放感でいっぱいだし、亮ちゃんも、私を守らなければという思いから解放されたことだろう。

結婚してから初めて、いま私たちは、ふたりのことだけを考えられる状況にいる。

もうひとつのわだかまりについて、話すときがきたと思った。

30　夏川亮

僕らにとって大きな問題だったことがひとつ解決した翌日。
話があるの、とわざわざ言われたときから、嫌な予感はしていた。
「――これは、どういうことかな」
香奈の声は、落ち着いていた。
終わりだ、と僕は思った。
夕食後のお茶を飲んでいるときだった。
ふたりの間には、僕が密かに書き続けていた、妄想の「妻観察日記」がある。
香奈がゆっくりと、表紙をめくった。

6月1日（水）
今日は、香奈の柔らかく、ボリュームのある乳房を、焼き豚を縛る要領で縛った。
香奈の体はどこもかしこも好ましいが、柔らかく、ボリュームのある乳房は、特に愛らしい。
白い膨らみが、糸を強く巻かれたことで紅潮し、歪み、糸と糸の間から肉をはみ出させている。その肉をぷにぷにと触ると、通常より指を押し返してくる力が強い。

香奈は少し不安そうな顔をしている。

上半身をタコ糸で固められた香奈は、軽く額を押すだけで、簡単にベッドに転がった。もう、僕がどこになにをしようと、逃れられない。

後ろ手に縛られているせいで背中が反り、歪んだ胸を突き出すような格好になっている。

その中心にある突起をカリッと噛んだら、甘さを含んだ悲鳴を上げた。

ページの下半分にこの文章が書いてあり、上にはこの文章で書かれた姿の香奈の写実的なスケッチが描かれている。

書いたのはもちろん僕で、書かれているのは、僕の願望だ。

香奈がまた、ページをめくった。

6月7日（火）

左右の太股をぴったりくっつけている香奈の両脚を、まとめてゴム管で縛る。

結び目は、脚の付け根にくるようにした。

そこから2センチ空けて、もう一本。さらにもう一本と、膝の手前まで縛る。

くびり出された肉が、美味しそうにほんのり色づく。
足首も、まとめて縛った。これで香奈はもう逃げ出せない。
上半身は、肩の少し下に、まず一本。それと乳頭の中間に、二本め。
胸の下に三本め。両腕もまとめて縛ってしまう。
くびり出されて歪んだ胸は、とても美しかった。

香奈がまた、ページをめくる。
僕は、主文を後回しにされた死刑宣告される寸前の被告人みたいな気分で、それを見ている。

6月30日（木）
今日は香奈に縄掛けした。股縄をかけるときは、クリトリスに当たるところに結び目をひとつ作った。そのせいで、少しでも身動きすると感じてしまうらしく、ビクッと震えるのが可愛かった。

三十日の日記は、文章はそれだけだが、絵は香奈が両手を上げて立ち、朝顔の蔓に巻き付かれているものも描かれている。

「こんなこと、してないよね？」

「……ごめん」

「どうして謝るの？」

「……ごめん」

他に言葉が出てこなかった。

「亮ちゃんは、こういうエッチがしたかったっていうこと？　だから私とエッチしてもイッてなかったの？」

気付かれていたか。

僕は両手で頭を抱えた。香奈の顔がまともに見られない。

頭を抱えたまま、頷いた。認めるしかなかった。

それがどんなにひどいことか、わかっていても。

「もともとそういう趣味だったわけではないんだ」

きっかけは、香奈のアパートに不審者が侵入したあの事件だった。

玄関のドアを開いて、怪しげな男の背中が視界に入ってからは、無我夢中だった。そんなに広い部屋ではないし、二階なので逃げ場はない。もみ合いになる覚悟で男に向かっていった。

しかし予想に反して、男は二階の窓から飛び降りた。僕もそのあとに続こうとしたが、香奈が太股に抱き付いてきて僕を止めた。

完全に頭に血が上っていた僕は、そのときになってやっと、香奈の方に意識がいき、振り返った。

香奈に怪我はなかった。

ただ上半身を、肩下から肘の辺りまで、ぐるぐると適当にロープを巻いて縛られていた。

僕は香奈から、目が離せなくなった。

なにか話し掛けられたのも気付かないくらい、衝撃を受けていた。

Tシャツの上から雑に縛られた乳房が、歪んで、僕の知っている愛らしい形ではなくなっていた。

そのことにひどく興奮した。

そして、興奮してしまったことを自覚した瞬間、死ぬほど落ち込んだ。

気丈に振る舞ってはいたが、香奈はどれだけ怖い思いをしたことだろう。

フッフールだって、可哀想に怪我をしてしまった。

それなのに、僕は。

自分に吐き気がした。

忘れようと思った。

「――だけど、駄目だった。あのときの香奈の姿が、目に焼き付いて離れなくて」

香奈とセックスするたび、縛られた香奈を思い出した。正確に言うと、縛られて歪んだ乳房を思い出した。

そしてあまりの後ろめたさに、イケなくなった。

イケなくなってからの方が、気は楽になった。香奈が気持ちよさそうにしているのを見ていると、許された気分になれたし、射精できないことで罰せられたように思えた。

それももう終わりだ。

僕が最低な男だと知られてしまった以上、離婚を切り出されてもしかたがない。

香奈は考え込むような表情をしている。

僕は黙って、判決が下るのを待つ。

「――うん」

どれくらい時間が経ったか、香奈がひとつ、大きく頷いた。

「やってみよう、亮ちゃん」

「は?」

予想外の言葉に、僕はパカッと口を開いた。

「一回、思いっきり、亮ちゃんのやりたいようにやってみようよ。それからのことは、そのあと考えよう」

「……嫌じゃないのか？」

「やってみないと、嫌かどうかもわからないじゃない」

「それはそうかもしれないけど……」

「私さ、亮ちゃんが私とのセックスでイッてないって気付いたとき、すごく悩んだんだ。私か亮ちゃんの体がどこか悪いのかもって思ったりして……私には亮ちゃんしか経験がないから、原因が全然わからなくて、沙也香に相談しちゃった」

「……ごめん」

香奈はいつも気持ちよさそうにしていたから、悩ませてしまっているとは思っていなかった。

「私もごめん。沙也香に相談するより先に、亮ちゃんに直接聞いてみるべきだったっていまは思う。だって、私たち、夫婦なんだから」

テーブルの上に置いた手を、ぎゅっと握られた。

ふたりの左手の薬指には、永遠を誓ったマリッジリングが光っている。

「亮ちゃんの気持ちが聞けてよかったよ」

香奈が、僕の大好きな顔で笑う。

愛おしさと申し訳なさで、胸が痛くなった。

31 夏川香奈

熱めの風呂にひとり浸かりながら、今夜、これからのことを考えている。

「やってみよう」と言ったのは、気まぐれではなかったのだが、いよいよとなると緊張してきた。

これから私は、亮ちゃんに縛られる。

亮ちゃんは優しいから、そのこと自体に不安はない。

それより、縛られることでふたりの関係がどう変わるのか。変わらないのか。そんなことが心配で、ある意味初めてセックスしたときより緊張してきた。

亮ちゃんは、先に入浴を済ませ、ベッドで私を待っている。

きっと私と同じかそれ以上に、亮ちゃんも緊張していることだろう。

風呂のなかで視線を落とすと、見慣れた乳房が目に入った。

小さい方ではないが、特別大きいわけでもない、普通の胸だ。乳輪の色は薄めか。

正直なところ、こんな胸を縛ってなにが楽しいのか、よくわからない。

わからないけれど、亮ちゃんがやりたいのなら、どうぞという感じだ。

夜の生活なんてひとと比べるものではないとわかっていても、よそのご家庭では旦那さんが奥さんを縛ったりするのはよくあることなのか、気になった。

ごちゃごちゃと考えていると、頭がクラクラしてきた。

長湯しすぎだ。

緩慢な動作で湯船から出て、冷水を顔にかける。

亮ちゃんが、私を待ってる。


寝室のドアを開けると、亮ちゃんはベッドの上であぐらを搔いていた。その前には、白い綿ロープの束が置かれている。

「それ、買ってあったの？」

「……うん」

亮ちゃんは気まずそうに私から目を逸らした。

「タコ糸じゃ、細すぎて危ないから」

「そう、だね」

このロープで、なにか縛って妄想してみたりとかしていたのかもしれない。

私はベッドの上に乗って、亮ちゃんと差し向かいに座った。

「それじゃあ、よろしくお願いします」

「よ、よろしく……」

亮ちゃんの緊張が伝わってくる。

亮ちゃんにしてみれば、妄想していたことを実行することで、下手したら夫婦間に決定的な溝が生まれてしまうかもと思ってしまっても無理はない。

でもここで遠慮されてしまっては、それこそやる意味が無い。

「亮ちゃん、思いっきりやっちゃっていいからね。やりたいように」

「香奈……」

「こう見えても、私けっこう、頑丈だからさ」

「ありがとう」

亮ちゃんが小さく笑う。

可愛い。

大好き。

亮ちゃんの顔が近づいてきて、優しくキスをされた。

「怖くなったら、途中でも絶対言ってくれ。すぐやめるから」

「わかった」

もう一度キスをして、亮ちゃんは私のパジャマを脱がせにかかった。上を脱がせたら、下も。私は淡いブルーのショーツ一枚という姿になった。

「ラクにしてて」

「うん」

亮ちゃんは私の後ろに回った。

腕を取られ、腰の辺りでひとまとめにしてくくられる。

「痛くない？」

「平気」

私は走ったりスポーツしたりするのは得意じゃないけれど、体は硬くない。

手首から伸びたロープは、肩の下辺りで、腕ごと胸を押し潰す感じで一周した。胸の下に、もう一巻き。

「大丈夫？」

「うん……」

大丈夫、だけど。

自分の胸なのに、自分の胸じゃないみたいだ。

私は自分の胸の形が、そんなに好きじゃない。重力に負けているし、乳首は少し外側を向いているし。

それが、ロープに押し潰されて、ひしゃげて。落としたつきたての餅のように見えた。

私がおかしな形になった自分の乳房を少し困惑しながら見下ろしている間にも、亮ちゃんはシュルシュルと背中側でロープを滑らせている。

胸に向けていた視線を横にやると、くびれた二の腕が見えた。採血されるときみたいだ。

「……亮ちゃん」

「うん？」

亮ちゃんは心配そうな顔で私を見た。

どこか痛いとかつらいとか、そういうことを心配しているんだろうけれど、それはない。

ただ、いまの自分が亮ちゃんからいったいどう見えているのかは気になった。

「ヘンじゃない？」

「ヘンじゃないよ」

「ほんとに？」

「可愛いよ、すごく」

これが?

胸がヘンに強調されて、エッチな感じはするけれど、可愛いとは思えなかった。

「——できた」

亮ちゃんが私の背中から離れ、前に回ってきた。

「あ……」

亮ちゃん、勃ってる。

私を縛りながら、興奮してたんだ。

そう思うと、急に恥ずかしくなってきた。

「うぅ……」

もじ、とショーツ一枚の下半身をもじつかせてしまう。

亮ちゃんはうっとりした顔で私を見ている。

黙られると、いたたまれない気分になった。

なんでもいいから、なにか言って欲しい。

「——描いていい?」

「え?」

「妄想で描くんじゃなくて、写生したい」

「あ……うん……」

「ありがとう」

亮ちゃんは一度部屋を出て、すぐ戻ってきた。

手に、妄想の私が詰まった、「妻観察日記（裏）」を持って。

ベッドに上がって私と向かい合わせで座り、新しいページを開いた。

私はどこを向いていればいいのかわからず、シーツに視線を落としていた。

シャッ、シャッという鉛筆の走る音が、やけに大きく聞こえた。

十分くらいで、亮ちゃんは私のスケッチを終えた。

描いている間に緊張がほぐれたらしく、亮ちゃんはすっかり落ち着いた顔をしている。

「見る？」

「見たい」

そこに描かれている私は、「妻観察日記（表）」に描かれていた私とは全然違った。

縛られているからというだけでなく、表情が。艶っぽいというのか、色っぽいというのか、憂いのある顔をしている。

「私、いまこんな顔してた……？」

「してたよ」

そうなのか。

自分が急に大人になったような、妙な気分だった。

年齢的には、もう立派な大人なのだけれど。

「可愛い、香奈」

亮ちゃんは日記帳をサイドテーブルに置いた。

くびり出され、不自然に歪んだ胸の中心に顔を寄せてくる。

「あっ！」

チュッ、と軽く乳首を吸われただけなのに、全身に電気が走った。

驚くほど、体が敏感になっている。

歪んだ乳房を五本の指先で刷くように撫でられ、背中がぞくぞくした。

「亮ちゃん……」

自分でも信じられないくらい、弱々しい声が出た。

歪んでひしゃげた乳房の感触を確かめるみたいに、強めに揉まれた。乳首がどんどん硬くなっていっているのが、自分でわかる。

キスがしたかった。口をふさいでもらわないと、とんでもなくヘンな声が出てしまいそうで。

亮ちゃんは胸に夢中で、顔を上げてくれない。

左の乳頭に強めに吸い付き、舌で転がしながら、右の乳頭を親指と中指でコリコリ転がしている。

いままでだってされたことがある愛され方なのに、泣きたくなるくらい感じた。

「っ、あ、ううっ……」

座っているのがつらくなってきた。

ちょうどいいタイミングで、亮ちゃんが私の体をベッドに押し倒した。

「腕、痛くない？」

腰の下に縛られた両手があるから、ひしゃげた胸をぐっと突き上げるような格好になっている。

「平気」

マットレスが厚いから、痛くはなかった。あまり長時間こうしていると、腕が痺れてしまうかもしれないが。

くびり出された胸を撫で回し、ショーツのウエスト部分を摑んでずり下ろされる。

脚の間に触れられ、ビクンと大げさなくらい震えてしまった。

ぬちゅっ、と湿った音がかすかに聞こえ、そこがもう愛液にまみれていることがわかる。

亮ちゃんが脚の間に入ってきて、私の太股をぐいっと持ち上げた。そして両股を肩に掛けるようにして、しとどに濡れた中心部に唇を寄せてきた。

ぺろり、と蜜液まみれの花弁を舐められ、鋭い快感が走る。

「あっ、あぁっ……！」

花弁と花弁の間を、尖らせた舌が往復する。

あまりの気持ちよさに腰が勝手に逃げようとするが、亮ちゃんにがっちり太股を抱えられてしまっていて、逃げられない。

「あぁ……あっ、やぁっ」

ピチャピチャという、フッフールが水を飲んでいるときのような音が聞こえてくる。

暑い。

急に体温が上がったみたいに、頭がクラクラしてきた。

亮ちゃんは私のあそこを舐め続けている。右手が胸に伸びてきて、ピンと勃った乳首を強めに摘まれた。

「ああっ！」

股間に熱い息がかかる。乳房を揉む手つきは、いつもより荒い。

亮ちゃんがすごく興奮してくれているのが、ひしひしと伝わってくる。

「……もう我慢できない」

怒ったような声で言って、亮ちゃんが体を起こした。

自分が着ているものをすべて脱ぎ捨て、すぐにまた太股を抱え、つるりと丸い先端を私の中心に擦り付けてくる。

「ゴム、しなくていい？」

「……いいよ」

答えた瞬間、亮ちゃんはググッと腰を進め、私の一番深いところまで一気に貫いてきた。

いつもは、ゆっくり入れてくれるのに。

「んああっ……!?」

私は膣壁を荒く擦られた衝撃で、反り返っていた背中をさらにのけぞらせた。

目の前がチカチカする。

軽くイッたのかもしれない。

「香奈……」

上擦った声で名前を呼ばれた。

亮ちゃんの目が、怖いくらい真剣に私を見下ろしている。

「亮ちゃん、動いて」

本当は、両手を伸ばして、ぎゅっと抱き付きたかった。でもできないから、私は両脚で亮ちゃんの腰を引き寄せた。

ほんの一瞬笑みを浮かべてから、亮ちゃんは本格的に腰を使いだした。

ズンズンと、奥の壁を重く叩かれる。

深い。

こんなに奥まで、いつも入ってきていただろうか。

一突きされるごとに、体の芯に響く。

「んぅっ……くっ、あぁ……」

背中を反らせているからか、息が苦しい。

亮ちゃんの動きは、いつもより荒っぽい。結合部からは、ぐっちゅぐっちゅと、すごい音がしている。

「香奈、すごい、締まるっ……」

ふと見上げると、亮ちゃんは欲情しきった目で私を見下ろしていた。

「あっ……」

私はだんだん朦朧としてきたが、あそこの感覚だけは鋭敏だった。

太くて熱いものが、何度も私のなかを出入りしている。もう自分がどんな声を上げているのか、よくわからない。

「んくぅっ！」

ひしゃげた乳房が、強い力で握られた。

こんなおかしな形をしたおっぱいが、亮ちゃんをこんなふうに荒ぶらせているんだと思うと、不思議な気分だった。

パタパタッと水滴が落ちてきた。なにかと思ったら、亮ちゃんの汗だ。

いままでのセックスだって、気持ちよかった。

でもこんなに激しく亮ちゃんから求められたのは、初めてだった。

胸がキュウウッとなると同時に、あそこもキュウウッと締まった。

「くっ……香奈っ」

亮ちゃんの指が、痕が付きそうなほど太股に食い込む。

私のなかで、亮ちゃんのものが少し大きくなったのがわかった。

そう、この感覚。

亮ちゃんがイク前には、いつもこうなっていたのを、私は思い出した。

私のなかで本当に感じてくれていることが実感できて、たまらない気持ちになった。

「亮ちゃんっ、イッて、私ももうっ……！」

私は縛られて不自由な体で悶えた。

どうしても、一緒にイキたかった。

「うぐっ……！」

亮ちゃんが低い声で唸る。

硬いものの先端が、子宮の入り口に叩き付けられた。あそこの粘膜全体で、亮ちゃんのものが脈打っているのを感じる。

「あぁっ……んあっ、あああぁっ！」

いままで感じたことのないような大きな快楽の波にさらわれ、私は背中を突っ張らせて叫んだ。

結合部から溢れ出た精液が、私のお尻を伝って、シーツに落ちたのがわかった。

亮ちゃんが、イッている。

そう実感できたことが、なによりも私を昂らせた。

「あ……あぁ……」

体の隅々まで多幸感に満たされる。

セックスって、こんなに気持ちいいものだったっけ。

ふわふわと、心も体も宙に浮かんでいるようだ。

「――香奈」

亮ちゃんに名前を呼ばれて、意識がハッキリした。

私のなかに収められた亮ちゃんのものは、まだ硬い。

「足りない。もう少し、付き合って」

「えっ!?」

うろたえている私の脚を片方下ろし、片脚だけ抱え上げ、ふたりの脚が十字に組み合わさるような体勢になった。

「うそ、待って、ちょっと休ませてっ」

セックスというものは、両方が一度イケば終わりだと思い込んでいた私は、ひどく狼狽した。

イッたばかりで、体はひどく敏感になっている。それをさらに刺激されるのは、気持ちいいを通り越して、つらい。

それなのに亮ちゃんは容赦なくグイグイ腰を繰り出してくる。

「ごめん」

ごめんって。

謝るくらいならやめてくれればいいのに。

「ああっ、ひあっ、あっ……こ、壊れちゃうぅっ……！」

激しく出入りされて、ガクガクと腰が震えた。

私の愛液と亮ちゃんの精液が混ざった粘液が、掻き出されてきてお尻を伝う。

「香奈っ、香奈っ……！」

横向きになったことで、さらに歪んだ乳房を強く揉まれた。私は悲鳴を上げながら、元の形に戻らなくなったらどうしようと思った。

「んんっ、んっ……くぅうっ……」

心は限界を訴えてきているのに、体は従順に快楽を拾う。私の体を私以上にわかっている亮ちゃんに本気を出されては、かなうわけがなかった。

泣きたくないのに、勝手に涙が出てきてシーツを濡らす。

この腕が自由だったら、亮ちゃんを突き飛ばしていただろうか。それとも、抱き付いていたんだろうか。考えても、わからなかった。

「んああっ、亮ちゃん、亮ちゃぁんっ」

いつのまにか、自分の方からも求めているかのように、腰が揺れていた。

「んっ、また出るっ……」

亮ちゃんがイカないことであんなに悩んでいたのに、一度のセックスで二回もイクなんて。

すごい。

やっぱり試してみてよかった。

「あっ……ああっ、私も、もうダメぇっ……！」

亮ちゃんにイッてもらえる悦びが、そのまま自分の悦びとなり、腰の奥で弾けた。

亮ちゃんのものが、私のなかで脈打っている。

トクン、トクン、と熱い粘液を流し込まれているのまで、わかった気がした。

「うっ……香奈……」

掠れた声で名前を呼ばれ、どんなに愛されているのか伝わってくる。

亮ちゃんは肉棒が脈打つのが止まっても、しばらく私の体を離そうとはせず、大事そうに抱えたままでいた。

いろんな体液でぐちょぐちょになってしまった体をシャワーで軽く流して、私たちは再びベッドに戻った。

「――どうだった？」

亮ちゃんは心配そうな顔をしている。

そして私は、まだ心も体もふわふわしていて、正常な判断ができそうにない。

「んん……嫌では、なかったよ」

胸がヘンな形になってものすごく恥ずかしかったけど、亮ちゃんは可愛いって言ってくれたし、そのあといままでにないくらい強く求めてくれたのも嬉しかった。

私の胸や二の腕、縛られたところが、ほんの少し赤くなっている。亮ちゃんはキスマークをつけたりしないひとだから、情交の痕を残されるのは初めてだ。

「……またしてもいい？」

亮ちゃんは、まだ少し不安そうだ。

「いいよ」

私は亮ちゃんに軽くキスをした。

それから亮ちゃんの背中に腕を回し、ふたりの間に隙間がないくらい、ぴったりと抱き付いた。

私たちは、もっとお互いに対する願望を、言葉にするべきだと思う。

亮ちゃんだけでなく、私も。

32　フッフール

「ニャーン！　ニャーッ！」

33　夏川亮

フッフールの鳴く声で、目が覚めた。

ここまではいつもの朝だが、今日はいつもとは少し違っている。

「んん……」

どんなに遅く寝てもフッフールの鳴き声に反応してすぐに起きる香奈が、僕の隣でまだ熟睡している。

フッフールには申し訳ないが、僕はなんだか嬉しくて、力の抜けている香奈の体をぎゅっと抱き締めた。

香奈の体には、二の腕や胸の脇など、ところどころに赤く痕が残っている。それを見ていたら、朝っぱらからまたムラムラしてきてしまった。

「ニャーン！　ニャーッ！」

扉の向こうでは、まだフッフールが鳴いている。

これ以上放っておくと、扉をガリガリやられてしまう。それがわかっているので、僕は後ろ髪引かれる思いで香奈から離れた。

「はーい、いま行きますって」

僕はあくびをしながらベッドから下りて、フッフールの方へ行った。

「……フニャァ?」

露骨に、なんでお前?　という顔をされて、思わず笑ってしまった。


フッフールの餌台に、いつものカリカリを入れる。飲み水も、新しいものに入れ替えた。

フッフールはあまり腑に落ちていないようだが、それはそれとしてお腹が空いていたらしく、カリカリと餌を食べだした。

僕はフッフールの横に座り、背中を撫でた。

喜ばれもしないが、逃げられもしない。

「お前が香奈に、裏日記の存在を教えたんだって?」

返事はない。

フッフールは俺などいないかのように、カリカリを食べ続ける。

「一応、礼を言っておくよ。結果的にはお前のおかげで、香奈とのわだかまりがなくなったから」

言葉では礼にならないと思い、めったにやらないレトルトのウェットフードをカリカリにかけてやると、フッフールは満足げにひとつ鳴いた。

7月7日（木）天気　晴れ
青紫色の花が、2つ並んで仲良く咲いた。
可愛い。私と亮ちゃんみたい。

34　増村沙也香

二週間ぶりに会う香奈は、前回会ったときとは別人のように元気いっぱいで、ベランダ菜園で取れた枝豆をどっさりお土産に持ってきてくれた。

「今日は私の奢りだよ。好きなだけ食べて」

「フルーツサンドとマスクメロンジュースといちごパフェとホットコーヒーください」

横にいた店員に、メニューも見ずに注文した。

香奈はフルーツサンドと紅茶だけ注文する。

このフルーツパーラーのメニューはどれも大きいし、なかなかいいお値段だ。普段だったら、単品でしか頼まない。

本当に遠慮なく頼んでやったのは、これから延々とのろけを聞かされるのがわかっているからだ。

「沙也香、この前はありがとうね、相談にのってくれて」

「どういたしましてー」

と、棒読みで答えた。

「それでね、『遅漏か、特殊な趣味でもあるか。マンネリ化してきたって線もある』って言ってたじゃない」

「……言ったね」

昼下がりの、ほぼ満席、女性客が十割のフルーツパーラーでする話ではないと思うけれど、香奈は話したくてしかたない様子だ。

せめて声の音量を、もう少しだけ落としてもらいたい。

「いろいろあって判明したんだけど、『特殊な趣味』が正解だったよ」

香奈は可愛い顔をして、こともなげに言った。

私は亮さんが、香奈にとって生まれて初めての恋人だったと知っている。香奈が亮さんにベタ惚れなのも知っている。

特殊な趣味といってもいろいろあると思うが、香奈は亮さんに言われればなんでも言うことを聞いてしまいそうで、少々心配になってきた。

「香奈……あんた、大丈夫なの？」

「大丈夫って、なにが」

「逆さ吊りにされて、鞭で打たれたりしてない？」

「あの家のどこで、逆さ吊りにできるの!?」

少々大きな声で言ってから、香奈は慌てて口を覆った。

「鴨居とか」

ないな。

あそこはタワマンで、日本家屋じゃない。

「まあでも、さすがに吊られてはいないけど、ちょっと近いものはあるかな」

「近いものはあるんだ!?」

今度は私が大きな声を出してしまい、慌てて口を覆った。

「ほんのちょっとだよ、全然そんな、すごいことは……っていうか、どこからがすごいことなのか、正直よくわからないんだけど」

「――フルーツサンド、お待たせしました」

ふたりの前に、フルーツサンドとドリンクが並べられる。

店員の姿が遠ざかってから、香奈が顔を近づけてきた。

声の音量を落として、聞いてくる。

「上半身を、こう……縄でぐるぐるっと縛るのは、すごいこと？」

緊縛か。

「一般的な夫婦よりは、ハードなことしてると思うよ」

たぶん。統計なんてないけど。

「それにしても、意外だなあ……」

「なにが？」

「亮さんて、真面目で優しそうだし、サディストには見えなかったんだけどな」

「サディスト……では、なさそうな気がするなあ」

香奈は顎に指を当てて、考え込む仕草を見せた。

「そんなバリバリＳＭっぽくはなかったというか、普段の延長線上で普通に会話しながら縛られたっていうか」

「そんなカジュアルな縛りってある?」

「あったんだよー」

両手でフルーツサンドを持って幸せそうに食べている香奈が、夜はカジュアルに縛られていると思うと、複雑な気分になる。

今度亮さんに会ったとき、いったいどんな顔をすればいいのかわからなくなった。

35　夏川亮

花が八つほど咲き、朝顔の鉢はずいぶん賑やかなことになっている。

香奈は嬉しそうにそれをスケッチしていて、僕はそんな香奈をスケッチしていた。

「……そういえばさ、昨日沙也香が言ってたんだけど」

ふと思い出したように、香奈が言った。

「亮ちゃんは、サディストなの?」

「えっ」

サンサンと朝日が降り注ぐ時間にそぐわない単語を出され、言葉に詰まる。

「あ、私は、たぶん違うんじゃないかって言ったんだけどね」

「……香奈を、いじめたいと思ったことはないよ」

僕は慎重に答えた。

香奈を支配したいと思ったこともない。

自分の性癖を突き詰めて考えてみると、加虐性はないように思えた。

「香奈の体の、ぷにっとしたところが、紐状のものに巻き付かれてくびれてることに興奮する」

「うーん、くびれフェチってことなのかな。全然わからないなあ」

ハハッと香奈は笑った。

「亮ちゃんのこと縛ってみたらわかるかな。亮ちゃん、ぷにっとしてないからダメか」

僕は香奈に縛られている自分を想像した。

なかなか滑稽な光景で、残念ながら僕は興奮できそうになかった。

「……ヘンな趣味に目覚めちゃって、ごめんな」

きっかけがきっかけだけに、僕にはまだ後ろめたい気持ちが少なからずあった。

「なんで？　いいよ、べつに」

香奈はこともなげに言った。

「そりゃあすごい恥ずかしいけど、亮ちゃんが楽しいなら、それで」

恥ずかしがられると、また興奮する。

「……ありがとう」

これ以上話していると、朝っぱらからムラムラしてしまいそうだったので、僕はスケッチをささっと終わらせて室内に戻った。

7月11日（月）
香奈が花を2つ摘んで、押し花を作った。
さらに2つ摘んで、袋に少量の水と一緒に入れて揉み込み、染料も作っていた。
指も染まっている。青紫色の香奈の指は、美味しそうに見えた。

36　小早川京子

午後三時になり、私は上の子の悠斗《ゆうと》の手を引いて、ショッピングモール内にある子供向けの職業体験型テーマパークを出た。

下の子は、抱っこ紐のなかでおとなしく眠っている。

限られた時間内でできるだけ多くの職業を体験できるようスケジュールを組むのは面倒

だが、月に二回は来るから、もう慣れたものだ。

ここは入場料はけっして安くないが、元気を持て余している五歳児が、思い切りエネルギーを発散できるのでありがたい。

来年小学生になれば、子供だけで入場できるのでもっとラクになる。いや、その頃には下の子がこんなにじっとしてはいないだろうから、ラクにはならないか。

「お母さん、もうおうち帰るのー?」

「んんー……」

昼食は、テーマパークのなかで済ませた。

地下のスーパーマーケットで、夕飯の買い物をして帰ろうか。それとも、せっかく下の子が眠っていることだし、ちょっとだけお茶していこうか。

迷いながらとりあえずエスカレーターの方へ向かっていると、反対側からこちらに歩いてきていた女性が、パッと表情を輝かせた。

「あっ、小早川さん、こんにちはー!」

誰かと思ったら、所長の奥様だ。

ご結婚されたときに、一度ご挨拶したくらいしか会っていないのに、人懐っこいひとだ。

「こんにちは、先日はお野菜、ありがとうございました。美味しくいただきました」

「いえいえ、こちらこそ、主人が、いつもお世話になっております」

『主人』のところで、少しだけ恥ずかしそうに、そしてだいぶ嬉しそうになったのが、新婚ぽくてすごく可愛い。

私は半月くらい前に、このショッピングモールで所長の奥様を見かけたことを思い出した。あのときはたしか、ランジェリーショップに入ろうとしていたっけ。結局、素敵な下着は買えたんだろうか。

「お母さん、この人だーれー?」

悠斗が聞いてきた。

「お父さんの会社の、所長さんのお嫁さんよ」

「じゃあ、所長さんよりえらいんだ」

「じゃあって」

うちでは私の方が強いのがバレてしまった。ちょっと恥ずかしい。

「そうそう、悠斗が毎日読んでる絵本を描いたのも、このお姉さんよ」

「えっ、ほんとに!?」

悠斗が慌ててリュックのなかから、いま一番お気に入りの本を取り出した。森でサルが温泉に入っていたら、どんどん他の動物たちもやってきて大変なことになるお話だ。

所長が数年前に装丁を手がけた絵本で、夫が見本誌をもらって帰ってきたら、悠斗の大のお気に入りになった。

お気に入りすぎて、いまではどこへ行くにも持ち歩いている。

「わあ、嬉しい！」

奥様の目がキラキラと輝いた。

「あのねえ、僕、ライオンがくるところが一番好きー」

「お姉さんも、そこ大好きー」

悠斗とニコニコ笑い合ってから、奥様がこちらを見た。

「あの……うち、ここから歩いて五分くらいなんですけど、よかったら遊びに来ませんか？　この絵本の原画があるので」

「えっ、いいんですか？」

「お時間あったら、ぜひお茶してってください」

小さな子供をふたりも連れて、綺麗にしているだろう新婚さんの家に行くのは非常識かもしれないが、奥様の笑顔に甘えてお邪魔することにした。

家に着き、小早川さんには紅茶といただきもののパウンドケーキ、悠斗くんには麦茶とビスケットを出した。

抱っこ紐のなかの赤ちゃんは、よく眠っている。なにが食べられるのかわからないので特になにかを用意しようとは思わなかったが、小早川さんがこの状態でくつろげるのかは気になる。

「下のお子さん、抱いたままで大丈夫ですか……？」

「下ろしたら、たぶん泣いちゃうので」

なるほど。

なにか手伝えればと思ったけれど、あいにく小さい子には慣れていないので、下手に手を出すと余計に手間をかけさせてしまいそうだ。

フッフールは、悠斗くんたちが来てから、まったく姿を見せない。子供に構われるのは煩わしいのだろう。

「ごちそうさまー！　絵はー？」

悠斗くんはバクバクバクっとものすごい勢いでビスケットを食べ終え、椅子から降りた。

「向こうのお部屋だよ。一緒に行こう」

私は手を繋いで、悠斗くんを仕事部屋に連れていった。

「わーっ！　すごーい！」

ごちゃごちゃといろんなもので溢れている部屋は好奇心をくすぐるらしく、目をキラキラさせている。

悠斗くんは天井まである本棚に向かっていった。

「触っていい？」

「いいよ」

フッフールがちょいちょい部屋に来るから、幼児に触られて危ないようなものは、表に出ていないはずだ。

「ヘンな地球儀……」

「それはね、天球儀。お空をひとつの球に見立てて、星や星座を描いたものなの」

私はさっきの絵本の原画を探した。

あの絵本は、コンテストで大賞を取った、私のデビュー作だ。

まだ付き合う前の亮ちゃんが装丁を手がけてくれた、思い出の本でもある。

画用紙にクレヨンで描いたそれは、汚れないようファイルに保存してあった。

「――あった、これ」

「わあっ、大きい」

「そうだね、絵本より一回り大きいね」

悠斗くんは絵をじーっと見たあと、私に尊敬の眼差しを向けてきた。

「ほんとにお姉ちゃんが描いたんだね」

「そうだよ」

と、私は胸を張った。

正直なところ、そんなに売れた本ではない。それだけに、心から気に入ってくれた子供が目の前にいるのが、本当に嬉しかった。

「あ、でもこれ、字が書いてないよ」

「字はあとで、本にするときつけるものだからね」

「じゃあ僕が持ってる本の方がいいな。ねえ、読んで」

「いいよ」

私たちは手を繋いで、リビングに戻った。

ぐっすりと眠っていた下の子が起きたらしく、ソファに手をついて立っていた。

「わあっ、おはよう！」

思わず近寄って膝をついた。

可愛い。

五歳児とはまた違う、赤ちゃん赤ちゃんした可愛さだ。

手首や足首が、まるで輪ゴムで縛ったみたいにくびれていて、触るとぷにぷにした。

目が覚めたら見知らぬところにいたからか、くりくりした目であちこち見回している。

「ねー、読んでよー」

悠斗くんが不満げに口を尖らせた。

「あ、ごめんごめん」

私は悠斗くんを膝に乗せて、絵本を開いた。

「すみません、ありがとうございます」

小早川さんが頭を下げてくる。

ふたりも子供がいたら、きっと毎日大変なんだろうなと思う。同時に泣かれたらどうすればいいのか、私には想像もつかない。

それでも私は、お母さんである小早川さんが、羨ましいと思った。

38 夏川香奈

「――へえ、小早川の奥さんが」

私は亮ちゃんが帰ってくるなり、今日あった出来事をワーッと話した。

「一歳ちゃんはまだ難しいけど、悠斗くんとは野菜の収穫を一緒にやったんだ。野菜好きになってくれたら嬉しいなあ」

オクラやインゲンなど、まだ悠斗くんが食べたことのない野菜も張り切って摘んでいった。

絶対ちゃんと食べる！　と張り切っていたが、結局食べられただろうか。

大きな模造紙を床に広げて、一緒に絵を描いたのもすごく楽しかった。悠斗くんの服が少々汚れてしまったのが申し訳なかったけれど、小早川さんは「子供の服なんて、汚れてなんぼです」と動じていなかった。母は強しだ。

「だけどね、一番楽しかったのは、悠斗くんを膝に乗せて、絵本を読んであげたこと」

「ああ、香奈のデビュー作、すごく気に入ってくれてるんだって？　前に小早川がそんなこと言ってたな」

私はうんうん頷いた。

何度も読んで持ち歩いているから、角のところが傷んでいるのが愛おしかった。

「私、何冊も絵本を出してきたのに、自分が描いた絵本を実際に子供が読むのって初めて見たの……なんか、感動しちゃった」

これが私がもっと売れっ子なら、サイン会をやるなどして、読み手の子供たちと出会うことがあるだろう。しかし残念ながらそうではないので、私にとって読み手とは、ぼんやりとしたイメージでしかなかった。

「何度も読んでる本だから、展開知ってるのに、登場人物と一緒に『わーっ！』って驚いたりして。可愛かったなあ」

私は亮ちゃんの胸に、ぽすっと顔を埋めた。

「いつか、自分の子供にも、自分が描いた本を読んであげたい」

「そうだな」

亮ちゃんの手が背中に回ってくる。

いつかと違って、淀みなく答えてくれたのが、とても嬉しかった。

7月12日（火）
今日あった楽しかったことを、屈託なく話してくれる香奈はとても可愛い。
それだけに、先週まで悩ませてしまっていたことが本当に申し訳ない。
もう二度と、香奈の笑顔を曇らせるようなことはしたくない。

39　夏川亮

事務所に届いた色校を見ていて、つい口元が緩んだ。

一か月前に撮影した、デパートの冬物商戦の広告は、結局当初の案と、追加で撮らせてもらった少女が走り出して手を伸ばしているものの両方を使うことになった。

こういうことがあるから、仕事は楽しい。

少女の腰の辺りを支えるのに使った白い綿ロープは、画像編集ソフトで綺麗に消せた。

綿ロープといえば、先週僕は香奈の上半身を縛るのにこれを使った。ずっと妄想していたことを実行できたわけで、それはもう興奮したなんてものではなかったのだが、香奈の方は僕と同じテンションではなかったように思う。もどかしげな表情は色っぽかったけれど、できればふたりとも同じくらい満足したい。

そのためには、どうすればいいだろうか。僕は撮影のとき必ず持っていく重い鞄のなかから、綿ロープを取り出して、使用法について考えはじめた。

40　夏川亮

一週間ぶりに夜の夫婦生活を営もうとしている僕たちの間には、先週使った白い綿ロープが置いてある。

「香奈はこの前、『嫌じゃなかった』と言ってくれたけど、僕には何度か、『あ、いま抱き付きたいのかな』と思うタイミングがあったんだよな」

「んー、そうだね、最後の方はもうわけわかんなくなってたから曖昧だけど、いつもはギュッて亮ちゃんに抱き付くから、ちょっともどかしくはあったかな」

僕は香奈を縛りたい。

香奈は僕に抱き付きたい。

その両方を叶える方法を、僕は考えてきた。

「というわけで、今日は、下半身を縛ってみようと思う」

「手は自由ってこと?」

僕は香奈に頷いた。

「よくわからないけど、わかった!」

そんなにあっさり僕を信じてしまって大丈夫なのかと、逆に心配になりながら、肩を抱き寄せる。

「怖いとか、嫌だとか思ったら、すぐ言って」

「うん」

香奈の方から顔を寄せてきて、チュッとキスをした。

可愛い。

あんまり可愛いから、僕はパッパと香奈を裸に剝いてしまった。

「ベッドを下りて、立ってくれる？」

「わかった」

全裸の香奈が、ベッドに腰掛けている僕の前に立つ。

恥ずかしそうに膝を擦り合わせているのが可愛い。

僕は長めのロープを腰で一回巻き、おへその下で結んだ。それからちょうど肉芽が当たるところに結び目を作り、しっかりと性器に食い込ませて、ロープを背中に回した。

「んん……」

大事なところを刺激された香奈の口から、悩ましい声が漏れる。

あとは腰の縄と後ろに回した縄を結べば基本形は完成なのだが、僕にはもう少しやりたいことがある。

半分くらいまで残ったロープを通した腰縄から垂らして、尻たぶがちょうど半分に割れるくらいの場所で結んで一周させる。

これで、香奈の丸い可愛いお尻が、四つに割れた。

「亮ちゃん、ヘンじゃない？」

自分ではどうなっているのかよく見えない香奈は、しきりに後ろを気にしている。

「ヘンじゃないよ、可愛いよ」

本当に可愛かった。

僕はロープが食い込んだ尻たぶをぷにぷにと指先でつついて堪能した。

「んはっ、くすぐったっ……んくっ」

香奈のお尻の両脇に、ギュッと力が入った。お尻を揺すると、敏感なところにロープが擦れるらしい。

「――描いていい？」

「あ……うん……」

またそう言われるだろうと思っていたのか、恥ずかしそうではあるけれど、すぐに頷いてくれた。

「ありがとう」

僕は一度部屋を出て、自分の仕事部屋から「妻観察日記（裏）」と椅子を持って戻った。

「椅子？」

座るの？　と香奈は不思議そうな顔をしている。

僕は椅子を、僕に向かって斜め45度になるように置いた。

「背もたれに両手を置いて、右膝を座面に置いて」

「うん……んんっ」

言われた通り脚を開いて、香奈は悩ましい声を上げた。

「そうしたら、もっと上体倒して……そうそう」

縛られたお尻を軽く突き出すような形になり、香奈は顔を赤くした。

僕は夢中になって鉛筆を走らせた。いま、この瞬間の香奈を、なんとかして紙に残しておきたかった。

香奈は恥ずかしさが落ち着いてきたのか、しだいにトロンと縄酔いしたような表情になってきた。

香奈のこんな顔を知っているのは僕だけだと思うと、たまらない気持ちになる。

「はぁぁ……」

背もたれの上で腕を組み、その上に顎をのせる。

気怠げな様子がますます色っぽくみえた。

スケッチが終わり、僕はノートと鉛筆を傍らに置いた。

手を伸ばし、五本の指の、指先だけを使って、ロープでくびれた尻たぶを撫でる。

「んはあっ……！」

背もたれを握る香奈の手と、お尻の両脇に、ぎゅっと力が入った。

僕は息が荒くなってくるのを感じた。

香奈の丸いお尻に、そして一番大事な割れ目に、ロープが食い込んでいる。

このままいつまでも愛でていたい。だけどバクバクと食べてしまいたい。

可愛すぎて頭がおかしくなりそうだった。

「亮ちゃんも、脱いで……」

自分だけが丸裸なことに耐えられなかったのか、香奈が言った。

僕は言われた通り、パジャマと下着を脱ぎ捨てた。

「すごい……」

香奈の視線は、僕の股間にまっすぐ向かっている。そこはガチガチに硬くなって、天井を向いていた。

「私のお尻を見て、そうなったの？」

「そうだよ」

香奈の愛らしい膨らみをつるんと撫でて両手を差し出した。

僕の意図を察し、香奈は僕の膝の上に乗り上げて、首に腕を回してきた。

どちらからともなく唇が触れ合い、すぐに深い口付けになる。じゅるっと舌を吸ってやると、香奈の背中がビクンと震えた。

欲情を丸出しにしたキスを続けたまま、香奈の腰の後ろに手を回し、股縄をクイクイ引く。

「んっ、んむぅっ！」

肩に置かれた香奈の手に、力が入った。

「気持ちいい？」

「やっ……なんか、ヘンな感じぃ……」

下半身をもじつかせている香奈の頬は赤い。少なくとも、嫌ではなさそうだ。

香奈の腰をぐいっと引き寄せて、下腹部同士が密着した状態で、さらに股縄を上に向かって引く。

「んくっ……んっ、やぁ、亮ちゃんの、お腹に当たってる……」

当てているのだ。

僕は香奈のお尻側から手を伸ばして、ロープの食い込んだ割れ目に触れた。

白いロープは、ぬるぬるした粘液で、すっかりべたべたになっていた。

唾液を混ぜ合うようなキスをしていた口唇もべたべただ。

「可愛い、香奈」

僕は大きなベッドの真ん中に、うつ伏せにして香奈を下ろした。せっかく縛ったお尻を、もう少し堪能したかった。

四つに割れた尻たぶのそれぞれの中心に一か所ずつ口付けをして、時々ロープを引き、食い込んだ部分に舌を這わせる。

「ぁんんっ……っ、亮ちゃん、そこ、そんな……っ」

ビクッビクッと香奈の腰が跳ねる。

いままで何度も体を重ねてきたけれど、こんなふうに執拗にお尻を愛撫したことはなかった。振り返ってこちらを見てくる香奈の目は潤んでいる。

しばらくお尻の感触を楽しんでから、僕は香奈の体をひっくり返した。

仰向けになった香奈の股縄を、クイッと上に引くと、また「ああんっ」と甘い声が上がる。

「亮ちゃん、も……もう、私……っ」

切なげな顔をして腰を揺すられ、腹の奥がずくっと重くなった。

「いいよ」

腰の後ろに作ってあった結び目に手を伸ばし、しゅるしゅるとロープを解く。

痕になってしまうかと思ったが、大丈夫なようだ。

香奈の脚の間に入って、太股を抱え上げる。股縄で刺激されていた割れ目は、まるで失禁したみたいにびしょ濡れだ。

ぬるぬるした割れ目に、肉棒をなすりつける。

「は、あぁん……っ」

期待したような声が香奈の濡れた唇から漏れた。

ずぶっと、太く張り詰めた先端で入り口を開いた。

「ああんっ！」

香奈は喉を反らせて叫んだ。

これだけ濡れていて痛いわけがないが、体が敏感になっているようだ。

ズズッと半分くらいまで肉棒を挿入し、ゆっくりと入り口ギリギリまで引き抜く。

それを繰り返していると、肉棒を内壁が吸い付くように追いかけてくるのがよくわかった。

「香奈、可愛い」

何度も腰を押し付けながら、少しずつ深いところを目指す。

「あっ、ぁあっ！」

根元まで熱いものを押し込むと、抱えた太股がビクビクっと震えた。

香奈はいつも可愛いけれど、セックスして感じまくっているときの香奈は、可愛いのひと言では言い表せないほど可愛い。

目を潤ませ、掠れた声で喘ぎ、哀願しているようにも誘惑しているようにも見える視線を送ってくる。

「あっ、そこ、ダ、ダメっ、あっ、ああっ」

香奈の弱いところはもう知っている。そこを連続して突いてやると、泣きそうな顔で喘いだ。

僕は夢中になって何度も腰を叩き付けた。

香奈が横を向いて腕で顔を隠そうとするのを、ぐいっと手でどけさせて阻止する。

「あっ、もう、亮ちゃっ……あっ、んっ」

恨みがましい目でこちらを見上げてくる。その表情に、胸が熱くなった。

香奈は、僕がなにをしても、ちょっと睨むくらいで受け入れ、許してくれる。

そう実感すると、体中ぐるぐる巻きに縛ってやりたい気持ちと、優しく抱き締めてひたすら可愛がりたい気持ちがないまぜになる。

「香奈っ……香奈っ……」

荒い息を吐きながら出し入れを続けていると、香奈が切なげに眉を歪めた。

震える両手が、僕の方に伸びてくる。

くっつきたくなったのを察して上体を倒すと、ぎゅっと強く抱き付いてきた。抱き返して、力強く奥を抉る。

「亮ちゃんっ……あっ、イ、イッちゃうよぉ……っ！」

きつく眉を寄せた切なげな表情にぐっときて、熱が出口を求めて駆け上がってくる。

「くっ……」

「ああっ、亮ちゃんっ……んああっ！」

香奈のなかがキュウッと収縮して僕を締め付けてきた。

絡み付いてくる粘膜を掻き分けるように奥まで突き入れ、熱を吐き出す。

抱えている太股が、ガクッガクッと震えている。

香奈が達しているのを全身で感じながら、僕も時間を掛けて精を放った。

パジャマを着直してベッドに入ると、香奈がべったり僕に抱き付いてきた。

「亮ちゃん、気持ちよかった?」

「すごいよかったよ」

「私もー」

ぐりぐりと、額を肩に擦り付けてくる。

前回も思ったのだが、普通にセックスしたあとより、甘え方が激しいような気がする。

アブノーマルなプレイを嫌がっていないのがわかって、ホッとする。香奈に無理強いしてまでやりたくはなかった。

「亮ちゃん」

頬に、触れるだけの優しいキスをされた。

さっきまで耽っていたいやらしい行為とのギャップがすごい。

香奈の唇は、僕の頬から口の端、下唇へと、まるで小鳥が跳ねているみたいに移っていった。

そんな可愛らしいことをされると、正直ムラムラしてきてしまう。

「……もう一回する?」

「しちゃう?」

子供がいたずらしようとしているみたいに、ふたりしてクスクス笑いながら、小声で言い合い、僕らは口付けを深めた。

香奈の上のパジャマをめくり、現れたおへそにキスをする。

「うふふ、くすぐったいぃ」

そう言いながらも、香奈は気持ちよさそうだ。

あちこちキスしながら、下のパジャマを足から抜き取り、太股を割る。ショーツの上から、さっき入ったばかりのあそこにキスをした。

「あっ、んんっ……」

香奈の手が、僕の髪を摑んだり撫でたりしてくる。

子犬みたいにじゃれ合っているのに、やっていることはいやらしくて興奮する。

「亮ちゃん、くっつきたい」

「いいよ」

可愛くねだられ、僕はいったん体を離した。

お互いに全裸になり、改めて抱き合う。

「亮ちゃんの体温大好き」

「俺も香奈の体温大好き」

僕は香奈よりほんの少しだけ、平熱が高い。香奈とくっつくと、いつもほんの少しひんやりする。それが抱き合っているうちに、同じ温度になっていくのが好きだ。

「香奈」

耳元で名前を呼ぶと、嬉しそうに頬を擦り付けてきた。

「声も大好き」

「俺も大好き」

香奈は機嫌のいいとき、歌うような声で僕の名前を呼んでくれる。その声はいつも、耳に心地よく染みてきた。

どちらからともなく顔が近づき、唇が重なる。

「んん……」

香奈と出会ってからいままで、数え切れないくらいキスをしてきたけれど、まったく飽きることがない。最初の頃のぎこちなかったキスも、あうんの呼吸で舌や唇を使えるようになったいまのキスも、どちらも好きだ。

重ね合った舌が同じ温度になり、唾液も混ざり合って同じ味になる。

僕はふたりでひとつの生き物になったような一体感に酔いしれた。

「ゆっくりしよう」

さっきは貪るような勢いで香奈を求めてしまった。一度出して余裕があるし、今度はじっくりと香奈のなかを味わいたい。

あそこに触れてみると、いい具合にしっとりと湿っていたので、両股を開かせ、ゆっくりゆっくり香奈のなかに入っていった。

「はあああぁぁ……」

香奈が、温泉にでも浸かったように、大きく息を吐いた。

うっとりと目は閉じられていて、口はうっすら開いている。

恍惚の表情は、いつまでも見ていたいほど綺麗だった。

僕は深くまで埋め込んだまま、じっとしていた。肉棒を包む粘膜の、ちょっとした動きを拾うだけで、十分に気持ちがよかった。

香奈も焦れている様子はない。

「ポリネシアンセックス？　で、こういうのあったな」

「なあに、それ？」

「一週間くらいかけて、最初の日はキスだけ、次の日はもう少し触れ合ってもいいけど性器には触れない、って感じで徐々に深く触れ合っていって、最後の日にやっと挿入できるんだけど、入れたら三十分じっとしていなきゃいけないんだって」

「なにそれ、我慢大会みたい」

「でもものすごく気持ちいいらしいよ」

「今度やってみる？」

「七連休が取れたら」

僕のものは硬く、たしかに興奮しているはずなのに、心はどこか穏やかだった。いまの僕なら、三十分くらい余裕でじっとしていられそうだ。

「気持ちよくて、眠くなっちゃいそう……」

香奈もリラックスしているらしく、あそこのなかは、ふんわりとした優しい感触だ。

これが、夫婦というものなんじゃないだろうか。

唐突に、そんなことを思った。

甘えて、許して、許されて、激しく求め合って、穏やかに繋がって。

恋人同士だったときとは明らかに関係性が変わったことを実感する。

「……子供が欲しいな」

気付いたら口からそんな言葉が出ていた。

香奈には何度か言われたことがある。僕も、いてもいいかなと思って、最近はコンドームを使わずにいた。

そこからもう一歩進んで、明確に家族が増えたシーンを思い浮かべた。

僕と香奈の間に、もうひとり家族がいる。それがごく自然なことのように思えた。

「いいねえ」

香奈は目を細めた。

「きっと楽しいよ」

僕はゆっくりと腰を振りはじめた。

香奈のなかで、出したい。その先の未来を考えて、一番奥の壁をぐりぐりと亀頭で擦った。

「んあっ、深いっ……」

ピクピクと、香奈のまぶたが震えている。

もっと深く、とでもいうように、僕の首に回っている腕に力が入った。あそこのなかも、収縮して肉棒に巻き付いてくる。

僕は根元まで肉棒を埋め込んだ状態で、小さく腰を回した。

先端に当たる、少しコリッとした感触で、この先に子宮があるのだとわかる。

ここに精子を出したら、奥へ入っていって、やがて香奈のなかに子供ができるかもしれない。そう考えると、なんだか不思議だった。

一回目のセックスのときより、ずっと緩やかな刺激なのに、ぐぐっと腹の底からせり上がってくるものがある。妊娠させたい本能みたいなものが働いているのだろうか。

「香奈、出したい」

ゆるゆると出し入れしながら言うと、香奈はへにゃりと笑って脚を僕の腰に巻き付けてきた。

「出して、亮ちゃん」

ふーっと息を吐いて、僕は自分の体の感覚に集中した。

香奈を気持ちよくさせることばかり考えがちな僕には、珍しいことだった。

香奈は赤く染まった顔に微笑を浮かべて、じっと僕を見上げている。

「も、イキそう……」

「うん」

僕は香奈に口づけて、まぶたを閉じた。

粘膜に包まれた僕のものが、一回り膨らんだのがわかる。

腹の底から快楽が駆け上がってきて、香奈のなかへと飛び出していく。

「くっ……！」

快感は尾を引いた。

粘り気のある精液が、何度も脈打って先端から吐き出されていく。

その間ずっと僕は香奈をきつく抱き締めていたし、香奈の手は僕の背を撫でてくれていた。

すべて吐き出してしまっても、僕はしばらく動けなかった。

香奈は優しい顔で汗まみれの額に張り付いた僕の髪を分けている。

「もしかして、俺だけイッた？」

「え？　どうだろう。そうかも」

「ごめん……」

「なんで？　全然いいよ、亮ちゃんの気持ちよさそうな顔、こんなにじっくり見られたの初めてだもん。嬉しかった」

ほら、自分もイッちゃうと、それどころじゃないからと香奈が笑う。

つられて僕も笑った。

8月5日（金）天気　晴れ

朝顔の実が薄茶色になったので、種を取った。いっぱい取れた。

来年、6月になったら、またまこう。

41　夏川香奈

亮ちゃんはいつでもかっこいいけれど、今日はまた格別だ。

グレーのベストにシルバーのタキシードが、よく似合っているなんてもんじゃない。

そんな亮ちゃんが、黒い革張りのソファにゆったりと腰掛け、背もたれに片肘を掛けて足を組んでいる姿は、まるでモデルのようだ。

「亮ちゃーん！　目線もうちょっと左……そうそう」

さっきから私は、スマホを手に、連写モードで亮ちゃんの写真を撮りまくっている。ドレス姿で。

「……香奈、そろそろ一緒に撮らないか」

「もうちょっとだけ。フッフール！　亮ちゃんの足元でポーズ取って！」

フッフールも今日は蝶ネクタイをして、オシャレしている。嫌がるかもしれないと思いつつ用意したのだが、意外とまんざらでもない顔をしている。

「あーもう、最っ高……」

「香奈ちゃん、そろそろ俺にも撮らせてよ」

大きなお腹を揺らして笑っているのは、このハウススタジオの経営者でもあるカメラマンの柴尾《しばお》さんだ。

亮ちゃんとは何度も仕事をした仲で、プライベートでも交流がある。

先日の宣材撮影で、亮ちゃんと私がまだ指輪を買っただけでほとんどなにもしていないと知り、写真を撮ろうと誘ってくれたのだ。

柴尾さんはウエディング写真が専門ではないけれど、頼まれれば撮っていると聞いたのと、なんといってもフッフールも一緒に撮れるということで、私はその話に飛びついた。

ヘアメイクは柴尾さんの奥さんがしてくれた。

ドレスは、レンタルも見てみたけれど、フッフールが汚す心配をするのが嫌だったし、思ったほど価格差がなかったので、買ってしまった。

Aラインの、試着したとき亮ちゃんが一番褒めてくれたドレスだ。

「はい、じゃ、香奈ちゃんも座って」

「はーい」

柴尾さんの指示に従う前に、私はその場でくるっと回ってみせた。

「亮ちゃん、これ似合う?」

「最高。超可愛い」

亮ちゃんは真顔でグッと親指を立ててくれた。

私は満足して、亮ちゃんの隣に腰掛けた。

すぐに柴尾さんの奥さんが来て、ドレスの裾をササっと直してくれる。

「家にいるときみたいに、会話してみてくれる？　自然な感じで撮りたいから」

「会話……会話かぁ……」

改めて言われると、なにを話していいのかわからなくなる。

「ええっと……本日はお日柄もよく……」

「待て、自然どこいった」

「じゃあ亮ちゃんが話してよ！」

「ええ……あの、ご趣味は……？」

「それお見合いじゃん」

柴尾さんの奥さんの肩がプルプル震えている。

そしていつのまにか、バシャバシャ写真を撮られていた。

足元では、フッフールが退屈そうにあくびをしている。

「もーっ、フッフールおいで。一緒に撮ろう」

私はフッフールを抱き上げて、膝に乗せた。

爪がドレスに引っかかったりするかもしれないが、レンタルのドレスじゃないから問題ない。穴が開いたら自分で繕えばいい。

「……フニャアァァ」

甘えたような声を出して、フッフールが私のお腹に後頭部をスリスリしてくる。

「フッフール、最近甘えっ子だねえ」

もともとはわりとクールな子なのだが。

「ずるい、俺も甘えたい」

「亮ちゃんは整髪料がついてるからダメです」

「えー……」

こんなしょうもない話をしている最中も、柴尾さんはシャッターを押しまくっている。

「それじゃ、そろそろ正面向いてくれるかな、三人とも」

フッフールはまるで言葉がわかっているみたいに、スッと柴尾さんの方を向いた。

「さすがフッフール、賢い」

「俺だって賢い」

なぞの対抗心を見せて、亮ちゃんも前を向く。

「お、いいね、三人とも」

「……三人じゃなかったりして」

「えっ？」

亮ちゃんが真横を向いた。

「ほら、前向いて」

「それどういうこと？」

「さあ、どういうことでしょう」

私はニコニコとニヤニヤの中間みたいな顔で笑いながら、フッフールの背中を撫でた。

42 増村沙也香

8月13日（土）

立ったり座ったり振り返ったりして、昨日はたくさんの写真を撮った。

そのとき香奈が気になることを言っていたので、家に帰ってから確認すると、なんと妊娠二か月だと判明したという。

信じられない思いで、香奈のお腹を見たが、特にいままでと変わりはない。

それを言うと、「まだ外から見たってわかんないよー」と笑われた。

まだ実感はないが、じわじわと喜びが湧いてきた。

ピンポーン、とチャイムが鳴ったのは聞こえてきたが、こちらに人が向かってくる気配は感じられない。

もう一度鳴らしてしばらく待って、やっと鍵が開いた。

「……いらっしゃぁい」

出てきた香奈は、幽霊みたいな顔をしていた。幽霊なんて見たことないけど。

私が来るまで横になっていたらしく、もう昼過ぎだというのに、まだパジャマを着ている。

「想像以上にボロボロだね」

「あはは……はは……はぁ……なんか、ずっとすごい揺れる小舟に乗ってるみたい……」

もちろん人によるのだろうけれど、悪阻というものは、なかなか過酷なものらしい。

歩き方まで幽霊っぽいというかゾンビっぽい香奈の後をついていき、リビングに入る。

掃除は亮さんがしているのか、部屋は全然荒れていなかった。

「お茶……」

「いいよ、私がいれるから、横になってな」

「私はいらない……」

「了解」

遠慮なく人の家のキッチンに入って、お湯を沸かす。コーヒーやマグカップのある場所も覚えているから問題ない。

香奈はぐったりとソファで横になっている。

フッフールはどこかと思えば、香奈のお腹を温めるように丸まっている。

「……あれ、買ってきてくれた……？」

「ああ、あるよ、食べな」

私は紙袋ごとファストフード店のポテトを香奈に渡してやった。

「ありがとう……」

「香奈、ポテトなんてそんな好きだったっけ？」

「なんかいま、これが好きっていうか、これしか食べられなくて……」

袋から一本ずつ取り出して、もそもそと食べる姿は、とても美味しそうには見えない。

「よくないよね……」

「まあいいんじゃないの。悪阻のせいなんだから、ずっとってこともないだろうし」

「私もそう思ってたんだけど、産むまで悪阻が続くひとっていうのもいるらしいよ。そんなんなったらどうしよう……」

「それはそのとき考えなよ」

いま思い悩んだってしかたない。

「赤ちゃんの体が作られてる大事な時期なのに、こんなものばっかり食べちゃって……ちゃんと栄養取らないとだめなのに……」

「ポテトにだって栄養あるって」

「ベランダの野菜も全然食べられないし、世話も亮ちゃんに任せっきりだし、亮ちゃんのご飯だって全然作れてないし……亮ちゃんが、私のことを嫌いになっちゃったらどうしよう……」

話しているうちに落ち込んできたらしく、香奈はポテトを手にハラハラと泣きだした。

(大丈夫だって、亮さんはそんなことで嫌わないよ)

「こいつめんどくせえ」

「沙也香……心の声が、声に出てる……」

「いや……だってさぁ……愚痴っていうか、のろけじゃん……」

この暑いなか、わざわざ電車で来て、駅前のファストフード店で熱々のポテトを買い、汗だくで来てやったんだから、このくらい言わせて欲しい。

「どうせ亮さんのことだから、甲斐甲斐しく香奈と野菜の世話焼いてるんでしょ。やらせときゃいいのよ。それが楽しいんだから」

「楽しいのかな……?」

「さあ。でも妻が具合悪いときに、なにもやれることがないよりはずっとましでしょ」

そういうものかなあと、香奈はまだボソボソ言っていたが、Lサイズのポテトは完食していた。

11月5日(土)
安定期に入った頃には、香奈の悪阻はだいぶ落ち着いていた。
辛そうにしているのを見ているのは僕も辛かったので、ホッとした。
お腹はもう、はっきりと出てきている。
このなかに僕と香奈の子供がいると思うと、不思議な気分だ。

43 夏川香奈

3月になると、いよいよお腹が風船みたいにパンパンになってきた。脚は常時むくんでいるし、一度座ると立ち上がるのも億劫だ。

それでも私は、フウフウ言いながらルッコラの種をまき、リーフレタスの苗を植え付け、ジャガイモの種イモを植え付けた。

家事もなるべくやっている。生まれたらきっと、手のかかる料理なんてしばらくできないだろうから、いまのうちに楽しみたい。

赤ちゃんに必要な家具や衣服、消耗品も、亮ちゃんと何度も買い物に出かけ、だいたいそろった。

予定日まで、あと一か月。もういつ出てきてもおかしくないと思うと、ドキドキする。

「――香奈、用意できたよ」

亮ちゃんとフッフールが廊下からヒョイっと顔を出した。

「いま行く」

私はベランダからリビングに上がり、自分の部屋へと向かった。

大きな作業机の上には、水性絵の具やパレット、筆が並んでいる。

どっこいしょ、と作業椅子に座り、私は緩めの長袖Tシャツを胸の下までめくり上げた。

私たちがやろうとしているのは、ベリーペイントという、安産のおまじないとして、大きくなったお腹にボディペイント用の絵の具を使って絵を描くことだ。

あまり長時間お腹を出しっぱなしにして冷やしてはよくないので、図案はあらかじめ決めておいた。前かがみになってお腹を圧迫してしまうという理由で、私が自分で描くことも断念した。

「よーし……ササっと描くよ」

亮ちゃんが腕まくりをして、真剣な顔で筆を執る。

まずは大きなお腹をぐるっと囲むように、尾を噛み合った二匹の蛇を描く。私たちの結婚指輪と同じ意匠だ。

蛇が描けたらその内側に白い竜をぐるっと描く。フッフールの名づけの元になった、幸いの竜だ。

それから最後に、蛇と竜に守られてスヤスヤ眠っている赤ちゃんを真ん中に描いていく。

「あっ、蹴られた」

ボコッと内側からいい勢いで衝撃が走った。

「遅いって、文句言われてんのかな」

「せっかちな子だねえ」

「どっちに似たんだか」

子供の性別は、聞いていない。

私が通っている産婦人科の先生は言わない主義のようだし、私たちもあとちょっとでわかるものをわざわざ早く知りたいとも思わなかった。

「――できた」

「さっすが亮ちゃん」

二十分弱でベリーペイントが出来上がった。自分で見下ろしても、いい感じだ。おへそより下は、私からは見えない。

「写真撮ろう、写真」

水性のボディペイント用の絵の具は、強く擦ったり水に濡れたりすると簡単に取れてしまう。すぐに撮らないともったいない。

「どこで撮る？」

「リビング？」

そうしよっかと、私たちはリビングに向かった。

ソファカバーに絵の具が付かないよう、注意しながら腰掛ける。

「フッフール、隣に来て。お膝じゃだめだよ、絵が見えなくなっちゃうから」

「ニャー」

わかってる、というように、フッフールは私の左隣に座った。

亮ちゃんが三脚にカメラをセットして、すぐ私の右隣に座る。

「3、2、……」

シャッターが切られる寸前、また体の内側から思いっきり蹴られた。

「うわっ⁉」

カシャッ。

「待って、いまのなし！」

「いや、これはこれで、なかなか……」

撮れた写真を確認しに行った亮ちゃんがそんなことを言う。

「せめてあと何枚か撮って……」

「オッケー、次は連写モードで」

急いで亮ちゃんが戻ってきたと同時に、カシャッカシャッとシャッター音が連続して聞こえてきた。

「香奈」

「うん？　んんっ……」

横を向いた瞬間、亮ちゃんの顔が近づいてきて、キスされた。

4月14日（金）

出産予定日を、二日過ぎた。

出かけている最中に産気づくのも怖くて、家にこもりっぱなしの香奈は暇そうだ。

ちょこちょこ絵を描いたりはしているようなのだが、長い時間作業椅子に座っているのも辛いらしい。

胃が圧迫されているせいで、食欲もない。

今夜は僕が、なにかサッパリしたものを作っ

44 夏川香奈

4月14日（金）午後5時47分。

陣痛が始まってから約二時間で、3500グラムの元気な女の子が生まれた。

子供も私も、元気だ。

家で陣痛がきたとき、亮ちゃんは私よりずっと動揺していた。慌てる亮ちゃんを見て、私が落ち着いてしまったくらいだ。

それでも、安全運転で産院に連れてきてくれて、出産にも立ち会ってくれた。

大きな声を上げて子供が生まれてきた瞬間、亮ちゃんも子供に負けないくらい泣いてい

て、私はヘトヘトだったけれど、少し笑ってしまった。

分娩室を出て個室に入り、落ち着いた頃、看護師さんたちが綺麗にしてくれた赤ちゃんを連れてきてくれた。

赤ちゃんは目を閉じて眠っていた。

「……小さいね」

「小さいね」

こんなに小さな手でもちゃんと爪があるんだと、不思議な気分になる。

「――香奈」

「うん?」

「ありがとう。本当にお疲れ様……愛してる」

まだ赤い目をした亮ちゃんが、優しい顔で笑っている。

「これからもよろしくね、パパ」

きっとこれから、大変なこともたくさんあるのだろう。でも亮ちゃんとなら乗り越えていけると私は思った。

＊＊

45　夏川千紗《ちさ》（10歳　小学4年生）

「――ただいまー」

自分で鍵を開けて、家の中に入った。

おかえりーの声は、離れたところから聞こえてきた。

ママはまた、部屋にこもって仕事に没頭しているらしい。私はもう4年生だし、締め切りが近いのも知っているので全然気にしない。

それより、一刻も早くアイスが食べたくてたまらなかった。まだ六月だというのに、外は真夏のような暑さだ。

ランドセルを自分の部屋に放り投げて、キッチンへ急ぐ。

冷凍庫には、私の好きなチョコのアイスバーと、ママの好きなバニラのアイスバーがたくさん入っている。

私はチョコの袋を開けて、かじりついた。冷たくて美味しい。

それからバニラの方を一本持って、ママの部屋へと向かった。

「ママ」

差し入れ、とアイスを差し出す。

「やったー！　食べる食べる」

ママの喜び方は、子供みたいだ。でも描く絵には妙な迫力がある。

「乾杯しよう、乾杯」

意味がわからないが、アイスとアイスで乾杯するのに付き合ってあげた。

「締め切り、間に合いそうなの？」

尋ねると、ママは目を泳がせた。

「んんー……でもさあ、最初に言われる締め切りは、努力目標であって……」

「私にはちゃんと宿題やりなさいって言うのに」

「ぐっ」

ママはアイスを持ったまま胸を押さえた。

「じゃ、頑張って」

と私はママの部屋を出て、自分の部屋に入った。

パパは家で仕事することも多いし、今日みたいに会社に行っても六時には帰ってくるから、夕飯はいつも家族三人で食べられる。

夕飯までに、宿題を終わらせてしまうことにしよう。

アイスバーの棒をゴミ箱に捨てて、ランドセルのなかから算数と漢字のドリルを取り出した。

机に向かって宿題をしていると、フッフールがスルリと部屋に入ってきて、ドリルの上に乗った。

「ちょっと。邪魔しないでよ」

知らん、という感じでそっぽを向かれる。

「じゃあ、音読を先にやるから聞いてて」

しかし国語の教科書を開いて読もうとした瞬間、フッフールはシュタッと床に下りてしまった。

「もーっ、勝手なんだから」

それが猫というものか。

わかってはいても、理不尽だと思ってしまう。

「どこ行くの？　ママの邪魔はしちゃダメだよ、いま締め切り前だから」

私はフッフールを追って部屋を出た。

「……あれ？」

いま出ていったばっかりなのに、廊下にフッフールの姿がない。

ママの部屋からもなんの声もしない。

きょろきょろと辺りを見回すと、パパの部屋のドアが、ほんの少しだけ開いていた。

「……フッフール？」

フッフールは基本的に家のなかで自由にしているが、ベランダとパパママの寝室とパパの仕事部屋だけは出入り禁止なのだ。

私はそーっとドアを開いて、パパの部屋のなかを覗いた。

「あ、いた」

本棚の一角に、しれっと座っている。まるで置物みたいだ。

「もーっ、パパに叱られるよ。ほら、行こう」

手を差し出したけれど、フンッと横を向かれてしまう。

可愛くない。

可愛いけど。

「あ……？　フッフール、なんか踏んでる」

ノートだ。

フッフールの下からずるっと引き出してみると、表紙には「妻観察日記」と書かれていた。

「妻って……ママ……？」

私は、首を傾げながら、表紙をめくった。

あとがき

『愛妻観察日記（裏）　夫が私を好きすぎる！』をお手にとってくださり、ありがとうございます。楽しんでいただけたでしょうか。

エッチで可愛い夫婦が書きたいなと思って書いたお話でしたが、できあがってみたら、夫の亮ちゃんが、とんだムッツリ野郎でしたね。夫婦の数だけ夫婦生活があるわけで、香奈がいいならいいのでしょう。

私自身は、日記は三日坊主だし、植物は一瞬で枯らす（エアプランツが枯れたときはびっくりしました）人間なのですが、ふたりのような生活に憧れる気持ちはあります。失敗の少なそうなミニトマトあたりからチャレンジしてみようかと、めちゃくちゃ殺風景な我が家のベランダを眺めながら、ちょっとだけ思いました。

イラストを担当してくださった大橋《おおはし》キッカ先生から表紙が上がってきたとき、あまりの可愛さに悶絶しました。挿絵も、可愛くてエッチで最高です。本当にありがとうございました。

それではまた、お目にかかれますように！

緒莉《おり》

楽しく描かせて
いただきました！
大橋キッカ

ustration Gallery

夏川 亮

夏川香奈

カバーラフ

ーラフ別案1

カバーラフ別案2

Opal

愛《あい》妻《さい》観《かん》察《さつ》日《にっ》記《き》(裏《うら》)
夫《おっと》が私《わたし》を好《す》きすぎる!

オパール文庫をお買い上げいただき、ありがとうございます。
この作品を読んでのご意見·ご感想をお待ちしております。

ファンレターの宛先
〒102-0072　東京都千代田区飯田橋3-3-1
プランタン出版　オパール文庫編集部気付
緒莉先生係／大橋キッカ先生係

オパール文庫&ティアラ文庫Webサイト『L'ecrin《レクラン》』
https://www.l-ecrin.jp/

著　者――**緒莉**(おり)
挿　絵――**大橋キッカ**(おおはし きっか)
発　行――**プランタン出版**
発　売――**フランス書院**
〒102-0072　東京都千代田区飯田橋3-3-1
電話(営業)03-5226-5744
　　(編集)03-5226-5742
印　刷――誠宏印刷
製　本――若林製本工場

ISBN978-4-8296-8491-7 C0193

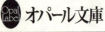

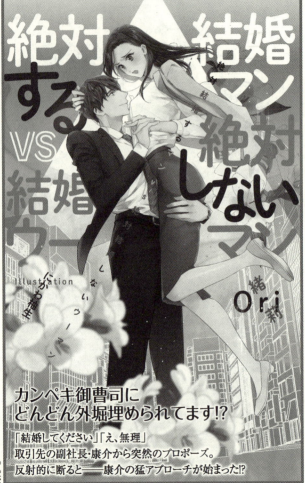

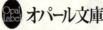

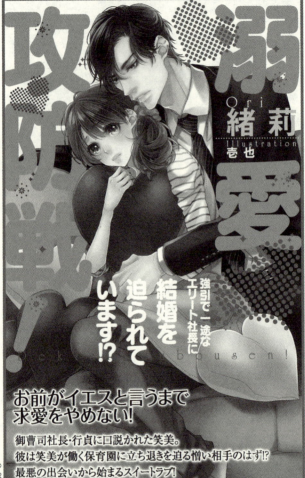